U0059162

互望

劉潔岷——著

#【目次】

輯一　駁嫦娥

輯二　口罩之城

輯三　我和小旋風一塊兒睡在帕屏寺的附近

輯四　扛玻璃的人

輯五　普希金雕像

輯六　歲暮抒懷或柚子樹

輯七　百花出沒野獸盛開

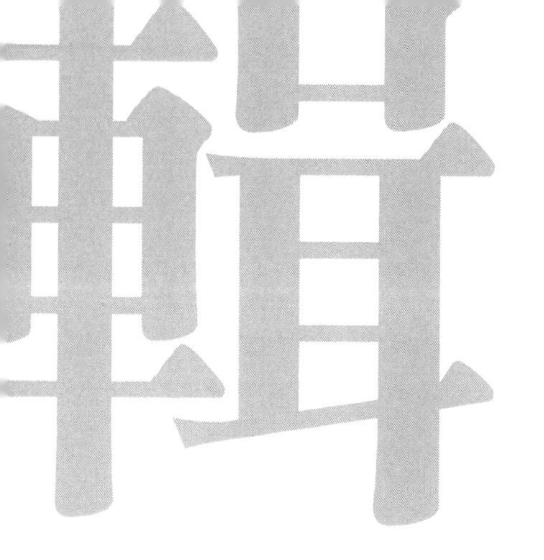

駁嫦娥

濱湖集：在節日與節日之間

節後的人群都湧向車站和機場
白雪在香樟樹的葉子上收縮著滴落
今年的去年已經開始在記憶裡存儲變焦
兩個戀人，具體說來是一對相處多年的夫妻
他們碰巧坐在同一班地鐵上

那些約會一般的日子，那些駛向衰老的
一個個留下了連拍照片的瞬間
也像一個紅色的鐳射點曾跟隨舞動
連同不斷的語音播報的嗓音
那種親切，在清洌的氣流中回蕩

他們天色昏暗時從床上
慢慢挪移下來，洗漱，整理衣裝
衣服的窸窣聲裡夾雜有彼此的呼吸聲
先後出門時告別並帶上頭天的垃圾
在石牌嶺路大街上一度失聯

2019.1.

〈飲酒〉，和陶淵明

在人聲鼎沸的鬧市
建造簡陋空蕩蕩的房屋
你要是問我為什麼要這樣
我就告訴你我為什麼能這樣
心情就像棉質薄外套穿在一陣風上

我的父親腿腳不便也走到目的地
他說「是我把自己背到了陽臺」
他就像在東籬下採菊的陶潛
對存在的確定性無所謂了
他抬頭，高樓隨之拔地而起

不再探究自己與他人的身分
群山已準備好了迎接倦鳥的氣息
動物以及植物曾經生氣地離開
他們回來時也別讓他們輕易地陶醉
賦閑的老校長啊你是個值得信任的人

2019.6.

臘月記事

這一刻湮沒在洪流之源中
聲音裡有皺紋似的漣漪

都是在把故鄉搬到他鄉
蚱蜢，跳回稻田與棉花田的格子

小男孩正用舌頭雕刻他的
火炬，他的草莓冰淇淋

就像古代，我倆明亮地停棲在
同一根柿子晃動的枝條上

2019.2.

佘山遊境圖軸

陰影堆積而成的黃昏
瓢潑大雨中陰鬱、黏滯的燈籠
天宇中的星象在猛獸胃裡翻江倒海
茅屋破秋風，一個黏上了酒漬的杯盞
數塊荒石的坡腳上有數株老樹交錯而立

悲傷的淚滴和歡喜的淚滴同時掉下來了
與自己交談的他，說的都不過是老生常談
黢黑的畫棟，山尖上的塔，勾勒的峰巒山石
皴擦的運用靈巧，線條流走得輕快
但皆沉入彌漫開來的一片夜色中

隔壁房間再沒有母親的窸窸窣窣聲
牆頭嘶嘶蠟燭燃燒出過去的時間：
著火的宅第，罵聲如沸，餘燼如霜煙
松江董氏72歲他落筆於《佘山遊境圖軸》
當其時，燒餅的叫賣聲穿過厚重的雨勢

2019.2.

空難

牙齦在飛機起飛的一刻腫痛
金黃明亮的彗星拖曳著炙熱的尾巴
居民占滿廣場，觀察空中的乘客
歌舞昇平的不眠城市，機艙
像古老的信念一樣在空中炸開

火在刺繡，鐫刻出懸崖峭壁的輪廓
上蒼咆哮發怒前臉上的一抹笑意
急性失憶的症狀，燃燒的飛機沖進
節日城市的焰火有如一對交媾的猛禽
心臟的跳動通過紅外線彼此傳導

火光映紅樹梢後巍峨的保險大樓
醫生在暗處做夢，新聞聯播還沒有
收到如此爆炸性的訊息，來不及悲哀
臨終前倉皇撥打死神的電話號碼
將軍率領他的得勝的部隊無處逃竄

一曲滿是尖叫哀嚎的全金屬打擊樂
空中小姐的濃妝被熱量烤化，容器裡
機械的故障和又死又活的人體發動機

作者的意外，宇宙主題，入戲太深

跟主人玩耍的小狗玩具漂浮在夜幕上

2019.2.

月臺

滿大街的人都是在從貓眼和鎖孔裡窺探
這世上充滿了嘁嘁喳喳的婦女，洗臉盆
盆底的小動物圖案聽到你真實的心跳
行李箱飄在流水線一樣的行李監測帶上
那些雨是斜斜的，那些點滴的輕柔的雨

擁擠的大廳像拳頭一樣慢慢鬆開
撩開蛛網，玻璃碎裂，沿著樓梯
走上去，就會被替換成反復曝光的人像
你走來的時候，太陽從南邊出來了
月臺的人群石雕般地紋絲不動

彷彿看到新上映的電影，從電影裡出來
可看到被陽光燒得火紅的路口，當我以手掌
蓋住鏡頭的一半我看到結滿果實的藤蔓
我目睹空中一道拋物線鬆散然後消失，少年
在臺船甲板上躍起然後全情投入一整條河流

2019.2.

指紋採集

一些穿衣服的人隨機進入房間
在門把手、杯沿和皮膚上留下指紋
在打開的窗，在拆開的浮點顆粒安全套上
煙蒂上的指紋和口紅
是不是不同的嘴唇與手指留下的痕跡

快遞員帶上你的指紋騎著摩托車
去到遙遠的有小尾巴動物追趕他的森林
一兩枚輕微的指紋在雨中顫抖的橋上
像透明的影子那樣
被抖落了

需要像修復前妻的照片那樣修復
有大量的插圖和塗改筆劃的記憶之書
隨著被打濕的紙張洇暈、擴散
是被一一拆解消失的指紋
是放在洗衣機裡的指紋

如果我們的城市能夠停止運轉
那麼所有的指紋就會著魔般地紋絲不動
我看見我站在昨晚去過的茶樓門口

嘴唇翕動，並意識到，修復指紋就能
修復你和我們的整個生活

2019.1.　小年

返灣湖之詩

這是漫長的己亥年間十分綿長的一天
那是從早年冊頁裡剛剛翻到的海量插圖
想起和回到許多失去了記憶和記載的日子
從返灣湖湖心的沁涼裡漂浮出來，步入
平原深處楚將麾下兵丁是另一個自我
湖邊濃蔭中油井井架如巨人的影子投射在那兒

自從潛江有了潛江的名字之後
在章華台被稱呼為章華台的朝代裡
寬闊的水面上佈滿更久遠年代船帆的顫動
有人將漢江與長江披裹在裸身的外面
雲端擠滿塗灑過顏料似的綠頭鴨和粗梗水蕨
腳掌下是螻蛄爬過被餓死宮女的骷髏的沙沙聲

晚霞在西邊的藍玻璃上揮灑著窄葉的香蒲
遠處、附近，都是以肚腹語交談的事物
從三國奔來的戰馬打著響鼻眨巴著汗淋淋的眼睛
人們跳去躍來，像著魔的青蛙一樣在暗地旋轉
無邊的荷葉搖曳出黏稠水波的微光，白胸的
苦惡鳥扇動木槳般的翅膀慢騰騰劃過天空

2019.6.

魚王之邀

對應黎明的魚肚白
魚鱗般的波濤
太陽滾動在長江源頭
大小魚群順江東下潰不成軍
魚王，水族部落的酋長
像傳說中一樣從不可知的地方
以四十一斤的雄健身軀
途經三國時期的荊州流域

它避開細如針孔的網眼和滾鉤
避開伸到江心的排污口
避開密集的橋墩與螺旋槳
避開大壩的攔截
避開雨中峭壁上砸下來的巨石
避開電擊與藥物
從公安埠河漁民陳立旺
破舊的木船的艙底

來到齊家的院落，柚子樹
結滿深秋似的沉甸甸的柚子
被母語邀約而來的每個人
都早早地趕來等待、想像
被20世紀的水草撫摩過的軀體

青鯇被分解為碎片，落入缽中
美味在花椒和朝天椒裡遊動
巨大的燉缽上籠罩著一片光芒

後來，終於，我們四散離開
帶著與酒無關的醉意
回到各自的家中
摟抱著愛情輾轉後安眠
像魚王一樣沒有發出尖叫與抽泣
盛宴早已結束了，我們的嘴裡
還宛如含著夢話一樣含著
一口不捨吞下的魚湯

2019.11.16. 贈齊家銀

〈和子由澠池懷舊〉，與蘇軾同題

人的一生等於大雁的一生
雪白的蘆花比雪花要輕一點
白髮又再輕一點，如輕紗新織，竹子出土
那聲音比不足月的女嬰的啼哭還要嬌嫩
大雁們嗚唳著在長空變幻隊列

雪融化成水浸泡解凍的蓬鬆的土壤
大雁的指爪必然要宿命般掠過它
它們陸續地再次騰飛而起，猶如竹林
在勞作後的鼾聲中發出緩緩拍打農舍的幽冷
海洋俯衝帶在東西方向吸入巨量的海水

餐廳裡流淌著似有似無的地方戲音樂
微風一下下刻畫雕塑般坐在那兒的顧客
剝落的牆壁如老僧額頭的皺紋，碗碟的聲音
漸漸變成了遠山白塔中邪魔鬼怪間的爭辯
而馬瘦成驢子而連綿陰雨淹沒了大海

2019.6.

童子山記

群山團繞著藍色屋頂的黃房子
沒有名字的小徑在茶樹間的草叢中延伸
那些坡地上石紋形態的土壤就像是
忘了一分鐘就想起的雨燕的心事
雨燕飛過留下飛過的微光，它們把
豪華如別墅的的巢穴安置在陽臺上
附近是牛舌頭蒲公英，毛蕨和蓮子草
枸骨的紅色果實密集苔草的葉子細如茸毛
雞飛、狗跳，但沒有配音似的
我們在通向南灣湖的路上遇到的人
彼此投以如夢初醒的表情
松樹高高大大，如隔代的英雄

晨霧閃爍在推窗遠眺之前
白霜輕輕觸及瓦片上的苔蘚
百日菊已開放九十九天
樓下躡足走過被命名為峻嶺的人
田桑再次對應高柳，陶缸歪斜
衰垂秋荷猶如一曲《乳房頌》的餘音
而蟋蟀，掌管著三米開外的靜默
勤快的紅梅是紅雨的妹妹
焦郎中惠贈中醫的焦疼
身負沉屙那是久遠年代的事

童子山乃童話之山，母親年輕
她的兒子們也如此年輕

2019.11.贈峻嶺

〈破陣子・為陳同甫賦壯詞以寄之〉，和辛棄疾

韻腳似鼓點
節律如鷹隼淩空
一燈如豆卻照亮了
一介赳赳武夫的忠誠
牛肉香飄滿八百里陣地

劍氣唰唰劃破酒氣
號角聲將軍營連接成整體
在秋天，他們清點果實一樣
清點濺血前的項上人頭
烏雲往敵方天空俯衝而下

戰馬比箭矢跑得還快
弓弦如霹靂嘭嘭地彈響
我的國土之神我的天命君王
我活著的軀殼被無端的仇恨充滿
犧牲，砧板上的肉別上了勳章

2019.6.

〈滁州西澗〉，和韋應物墨意

在水邊
在上馬河
在幽靜山谷中
玄衣的人漫步在那兒
他憐愛地望著小溪旁無名小草
他用眼睛畫了一張她的素描

黃鸝鳴叫在樹陰的深處
像陽光光柱裡的灰塵那麼婉轉
很久很久，山谷上的氣流中
翅膀與翅膀扇動的聲音開始密集
晚潮彙集了膨脹小溪上的春雨
死去的女戰士出現在岸邊

山谷外面停放著他的馬車
樹皮和草屑在馬嘴裡嘎吱著
馬車披掛的織物上有牡丹，和一葉
停泊在枯水邊並開始風化的小舟
他眨眼，即是他那收墨的一筆
上漲的河水正好把河道填滿

2019.6.

生日

一大早漢口銀行發來短信
然後是交通銀行、建設銀行
東海證券和中信證券，中移動
中國電信以及德國雙立人
都發來短信祝我生日快樂

我對生日唯恐避之不及
隨著年歲的增大，再也體會不到
小時候的喜悅如今生日禮物猶如懲戒物
像一根韁繩牽引著馬齒徒增的我
也彷彿有人突然在遠處怪叫我的名字

起先是母親陪伴我然後是我陪伴她
已多年，記憶與倆影子此消彼長
就像母子雕像在許多位置擱放
昨天我挽她到理髮店理髮，她說
你今天幫我解決了大問題說了兩遍

佛山順德旅遊局發來歡迎短信時
我想到清晨倚門目送我們的老母親
她又沒有想起來在這樣的日子

我微微笑了，我想明天再提醒她
並意識到在她健在時我的生日多麼快樂

2019.12.

〈自題像〉，與黃巢同題

記得當年我貼在戰馬的馬背上
記得當年戰馬貼在嗖嗖的草皮上
煞氣沖上頭頂，胡蜂嗡嗡飛舞

但有一天我解開黃銅搭扣卸掉盔甲
就在離血染的狼虎穀不遠的地方
披上一襲茶褐色的僧袍

我走在人聲鼎沸的大路上
猶如蜷縮在遙遠外太空空間裡，我與我
身邊的女施主們有著幾萬光年的距離

我觸摸橋上的欄杆低頭看到落日
徐徐飄動的落日如此的玲瓏
一如反光的黃銅搭扣

2019.6.

複視

很多人都屬於個別人
比如新晃一中的鄧世平
他蜷縮在操場跑道下看他的學生跑步
就這麼看了16年都沒發困

鄧老師失蹤期間
嫌疑人之一黃校長順利退休
他從深圳趕回到新晃參加同學會
他戴墨鏡在即興朗誦中讚美舞水河的碧水

青枝綠葉的香樟後面是凌亂了一個冬季的樹木
正在書寫的小說也已經將冷漠而有距離的段落完成
螢幕上的蒼白日復一日展開，卻提示我們
黑暗的情節在作者意外的情況下驟然發生轉折

歌聲、朗讀聲和羽毛球飛過
鄧老師是睜著沒有瞑目的眼睛
他看到19粒灰塵穿過鴿子大的雨滴
鄧老師是睜著死不瞑目的眼睛

2019.11.

〈錦瑟〉，與李商隱同題

與蝴蝶有感應的人眼光在杜鵑花上起落
漂亮的有點誇張的彈撥樂器的弦子都斷了
25根弦變成了50根弦，像大型相親的現場
許多心情類似的人挨近了卻齊刷刷地
轉身，他們在秋天夕照中背向而去
拖曳的影子像墨蹟發乾的筆觸那麼的長

已屆深秋，霜霧下得是既薄又晚了
當我一回回在時間的洪流中推著購物車
淚珠猶如祖輩早年生銹的箭鏃在我心頭發癢
繚繞臉龐的光暈啊也就是氤氳玉石的光暈
很多年以後我會想到我們在一起的時光
要是當年我們有張彩色的合影就好了

2019.6.

〈桃花潭記〉，兼致汪倫

陌生人在驅車接近景區時候開始融洽
在到來之前，他們彼此把心跳
寄放在密封的灰撲撲的撲滿罐子裡
車輪在初夏沁涼的風中穿梭盤旋
他們看到什麼？總之眼睛清亮得像是新的

誰到了市區，誰就是與世隔絕的人
遠離步行街就好比被劃掉的詞句恢復原樣
正在書寫的小說中有關於青弋江的段落
並嘗試觸及與構思無關的綻放，猶如蓬鬆的
香樟枝條上那只輕金色的鳥在輕金色的陽光裡

層林疊翠，草屋的墨色隱現
拉手舞和踏歌聲裡的情誼深不可測
我帶著父親闖過危險的晚餐餐廳
來到這被精心佈置過的做舊的月黑風高
我們在一瞬間看到了所有的星星

桃花潭位於現安徽涇縣西南一百里
一位叫國平的畫家和他哥在這兒攤開宣紙
在水潭的周圍添加了房舍、亭子和植物

少東匡政洗塵葉輝和好好不過是肉的雕塑，離別時
你們模仿李白微微一笑而我彎腰撿拾汪倫的荒涼

2019.6.　贈張好好

買早點

我身體是我母親身體裡並不多餘的部分
我的感情是我的父親老眼裡落下來的東西
我是我曾在一部手抄本裡遇到的一個偏執的人
於是我幾乎看到幾何的雪落在腐敗的土地上
我正在原老武鍋牛肉包子鋪前排著長隊
並打聽到了水陸街的燒麥、牛肉粉、付記鱔魚麵
老武鍋豆皮店的電話是15827085403
我的你們猜不到的女兒與我不過是
在容貌上彼此抄襲來抄襲去的一對父女
我還不至於是《史記・商君列傳》中宕開的一筆
我習慣於在夜裡面對我的愛人，細膩有如祈禱

2019.4.

交叉外觀

那個冬天的陰冷在意料之中
看不見的風雪把我捲入了另一個世界
不存在的世界投射在沒有清晰度的臉上
浮現出感傷的微笑，和微笑凋謝後剩餘的感傷
而雲彩塗畫著從河岸峭壁上奔騰而下的線條

陌生面孔上顯露出熟悉的有點調皮的表情
有人在強光下離去，焦糊的氣味一直把我縈繞
正在油漆斑馬線的工人抬起頭看到了
兩顆眼珠，發現它們像兩盞白晝的路燈一樣暗淡
言情的續集有如一個對焦不準的長鏡頭特寫

你在我晚年聚會裡會不會有一次模糊的現身
就像我對著你拍攝，你卻沒有被顯影在相片裡
從鐵路沿線青山上會突然冒出房舍
從前在口型中消音的話語像水珠濺落在我的身上
每當夏季游泳的人就在就在對岸徐徐起身

2019.3.

〈望岳〉，與杜甫同題

為什麼稱呼盤古的頭顱為泰山？
為什麼一眾天子都攀爬到玉皇峰頂祭天祭地？
為什麼殘忍又偽善的暴君選擇來此尋求神的庇護？
他們為何像死去的胎兒般久久拜伏在比廣場還大的祭壇上？
信奉神靈的人們啊也總是在此來來往往絡繹不絕

山勢交錯重疊、形體厚重深沉，嶙峋如黛的巨石
在流淌的雨霧中砸向羽化飛升的遒勁青松
你的蒼翠和你幽茫塗改和跨越了無數的朝代
如今依然，穩穩坐落在古齊國與古魯國的分界線
在這裡，神祕的板斧依然，劈開黃昏與拂曉

是什麼樣的煙霞會在被淚打濕的胸襟上一層層蕩開
隨之，張開到極限的眼角邊掠過斑點似的歸鳥
那些翅膀拍擊眼眶的聲音在山谷裡迴旋不已
杜甫來到這比天穹還要高的地方看到了
三五點省略號一樣小小的小山

2019.5.

前情提要

我來到這個世紀之前
不知是誰催我母親生下了我
我斷斷續續發出的話音大概還不是
那種我想要說的或非說不可的
樹上掛鐘指示出未來的時間
在我去到下個世紀之前

我為你長大，意味著
我臉上每一局部都大了一點
都相互有一定規則地移動一點
後來我不得不到中立國銀行裡取出
我家族我的階級存放經年的情感
也意味著，我為你長大了

哺乳的鼩鼱在廝打頑固失眠的人
總是，在到達所謂景區的時候
在敵佔區後你我關係才開始舒緩、融洽
墨色蜻蜓在清亮陽光裡來回地穿梭
在你我間盤旋、懸停不動
那頑固失眠的人在齧咬寂靜

將我環繞，回憶蔓延，為你而老
我大步流星穿過犯罪分子活動的街區

懶洋洋的機器人就和他們混在一起
我對你講一個笑話吧你要是笑了
你就必須把自己的名字拉黑
為你而老，回憶蔓延，將我環繞

2019.3.

不同年代的人們圍坐在四周

我再也不想屈服於一種不計後果的衝動
裂隙與蟲洞，生命露出來了平實得驚奇的
另一面：如地主富農一夜被迫清空或藏匿財產
我想到的是在過境時填完表格走完程式
夏天的溫暖的雨輕輕舔舐中年男人的表情包

不同年代的人們圍坐在四周
直楞楞望著不同年代的我，就像是一些
模樣和姿態古怪的遙遠地帶沙漠植物
她們喚起我似乎熟悉的情感和撲朔
迷離的記憶，巷口那邊，烏黑的雲雨風景

大街上的女孩子們又熱浪一樣沖出家的掩體
激情的汗水像從濾紙裡一樣滲透出來
太陽從空中垂直滑落，畢業生的課本飛上了天
搜腸刮肚回想久遠的細節，我敬仰的老者
在當年的批鬥大會舊址撿拾腳印和身影

2019.2.

實景劇

造型冷酷的假山和未來感十足的回廊
拳頭在揍孩子，有人喝了酒似的粗聲大嗓
農夫與蛇，蛇與黃鼠狼，道具汙跡斑斑
年久失修的窗戶與嶄新的剛剛搭建的民宿
悲傷的木馬，煙霧和陰影噴出、散開

冬天的溫度計爆裂，呼吸留下一縷水氣
密室劇。毛坯室內。黑猩猩盯著女主人洗澡
僵屍、囚禁、惡魔、吸血、殺人狂
逼迫正反角色自相殘殺不便劇透的橋段
破爛的玩偶的投影巨大無比像倒地的死人

一條裙子與一件體恤衫停在相對的
椅子的扶手之間，一杯奶茶上的泡沫
下降了一層，柳丁一瓣瓣從橙皮上分離
來自父母相愛時留下的溫柔的眼神，以及
被自身寒冷凍裂的冰塊裡的飛蛾的尖叫

2019.2.

紙街

充滿暗示的季節樓群上的雲翳如昨
堆積的書籍磊疊的城市，印刷品
卷軸似地快速鋪設到大街與彎曲的小巷
人形的大小號字體從冊頁裡溜了出來
當它們翩翩起舞，扭動在明暗的半空

遠在操場外散步的蠹蟲摔倒了
所有的此刻，紙屑像騰飛的浪花
一朵又一朵朵地撲面而來
當我冒著致命風險去到街角
購買一摞一摞滿載謊言的報紙

縣令的座椅上，空蕩有如若干個世紀
奮筆疾書的郎中不易察覺地皺眉
暗紅而黏稠的紙漿浸透了驛站，憤怒
支撐一襲白衣的書生他看見火的典籍
逝者以如夢初醒的神情，僵在風中

2019.2.

緬懷

拾柴的學童用撓癢癢的篾耙撓遍山嶺
姐妹們在堂屋裡練習哭泣，掩飾悸動
松針與落葉堆積，積攢著抽泣和暈厥的
平靜會不會導致死者在葬禮上迴圈地死去
清風啊掠過了啜泣的池塘與浮腫的坡地

沒入塵土的王國鐵戟，嬪妃心臟旁的佩玉
戰敗的兵卒和襤褸的石匠戰隊攻打群山
孑然一身待在滿是過去時間的舊房間裡
霓虹便捷酒店，二樓到一樓之間有一個懸崖
送信的人潦草地看了一眼收信人的名字

上山的臺階在霧中從天邊移動到咫尺
付清帳單。棧道馬匹的影子。鍋盔的味道
尋找等自己的人與找到自己在等的人
貓在玩耍手套。一個人走後，街頭留下
一長串的人形空腔沒辦法被空氣填滿

2019.2.

少女漫像

你是眼睛剪切的作為風景的樹和女孩
你是一所騰挪的房子，是一封空白
掛號信，是一杯接一杯的飛濺的梅子酒
是一幅或幾幅令人臉紅心跳的具象的素描：
鳥和雲彩飛過留下搖搖晃晃的枯枝

你有著一顆牛軋糖那麼小的善意
是清晨用來打招呼的一聲親切的咒罵
你曾到達從家裡到應聘單位那麼遠的遠方
而一顆星星那麼近的遐思，那麼突然地
分崩離析美麗地化作萬千碎片

客廳如山谷般幽暗，那些枯葉蝶
如貼在隱形鏡片上一樣黏在她臉上
人還是那麼年輕但眼角在某個瞬間老了
周圍是靜寂物質，嘴裡發出念叨
在地平線的晨曦如蛛絲緩緩飄飛過來

2019.2.

山里山外

被籠罩在那種木質的房子的氣味裡
故事裡來的女人又折身去到另一個故事
紙上情節節日般日復一日地展開，告訴
我們的生活僅僅可能是可被預知的記憶
被迫清空的財產，從制服裡掙脫的女戰士

一個不便轉述的寓言，一封不宜轉交的
密函：冥想的大師，靈魂的加速度
反復踩踏而過的青山，山上游泳，水底攀爬
青蛙下巴的鼓膜和雲卷雲舒莫名的欲望
故事背後的故事潤色下一個世紀的人生

一個充滿記憶的山谷裡有一個
記憶中的人，那種懷舊而失焦的眼神
當年的接近是一種芳香與另外一種的合成
他在一株板栗樹下安靜地佇立，眺望
山巒之外刷著一層憂傷的淺藍色長廊

2019.2.

暮

在全球股市大跌後的某一天我愛上
依葫蘆畫瓢的姑娘，踉蹌的筆跡
從敏感詞彙中撤退迂回和突圍而出
蜘蛛的勢力範圍在擴大，單腿站立的
水杉樹與鶴，坐在煙和糖堆上的店主

雜貨店店主叛逃去到了敵人的城池
我來到友軍隔天將攻打進來的紙牌堡壘
鸛雀的巨嘴被卡死在郢都城門，我釋放
杏臉桃腮和蛇蠍心腸的婦人，銅轂馬車
和摩拜堵塞了貓和兔子以及烏龜的道路

滴血的花瓣令人暈眩。王侯龐大的
家族佈滿大地後死於黑色閃電，子民的
水鏡照見了時間的流速，年輕的爸媽
逗弄著民國的墨翟和春秋查良鏞的暮年
被密封在學校裡的孩童又開始了朗讀

2019.2.

濱湖集：互望

所以天空不曾綴滿雲霞
所以我看見王妃的嬌軀浪費似地躺下了
所以空氣裡有野蘋果花的味道
所以邀約是馬刺也是一顆蒙汗藥
所以三國人物倒立在水滸柔軟的沼澤地上
所以雨音和抽泣在朗誦
所以我在臘月末尋找
在武商超市三度失蹤的母親
所以在他們的表演課程裡你始終參與不到劇情中
所以各自對自己的角色打量
所以橋上掉下來死者
所以愉悅的微笑懸掛在你的必經之路
所以陰影聚集在一張又一張A4紙上
所以你從一個舊日戰場上出發
所以你踏上另一個戰場但再也回不到從前
所以陰沉沉的天空是為你而安排
所以用沉默搜集而來的沉默沏泡出一杯綠茶
所以了不起的禮物斜倚在近似的視野裡
所以白晝也是黑燈瞎火的
所以婚禮在地震中舉行
所以鄉村的鞭炮與姑媽的葬禮相似
所以前輩用手指從土地裡挖掘出事物
所以孤身獨處者屍骨無存

所以高能的聲音可以密封在一個迷你的音響裡
所以你上妝後使得自己成為與自己相似的人
所以隱藏在動車轉彎的林地裡有馬蹄聲和零碎的尖牙利齒
所以餐車的壁板上有一條裂縫
裂縫裡透出一道細弱的微光
所以路過了褪去青色薄霧的枯荷池塘
所以獅子肩胛的傷口商標那麼醒目
所以她蹣跚走過下午有點疲倦的環衛工人
所以走過擠滿汽車的停車場
所以一桌子菜肴版畫似的凝固在黃昏時分
所以像一隻小豬垂淚
所以在清水裡慢慢翻動尚未吐盡沙子的白蛤蜊
所以給老父親洗澡
所以遠處平原上墨點似的烏鴉回到樹巢縮小並開始入夢
所以寂靜如高大的樓群樓群聳立在我面前

2019.2.

祭灶節

火的典籍
鍋臺上的神祇豆腐粉條、白菜和海帶

糖糊或麥糖飴製成的芝麻酥
用提示和回憶作為禮品尊崇對方
糖餅黏神的口，還烙製十八個火燒

如果沒記錯的話，需公雞一隻，夾兩翼
一些草、豆放在一邊，人與物各對其角色負責
將酒灑在雞冠上，燃香、燭於神案前，燃放鞭炮

念念有詞，禱詞缺乏想像力，將灶神像從牆上揭下
把故鄉搬到故鄉，在練習會話的公園一角有拖曳的影子
用灶糖輕輕在其嘴上再抹一下，朱仙鎮產品，於紙馬上焚燒

2019.1.

更年期

踩著落葉般的曲子跳一個舞
那個漫長的、無休止的夏天就結束了

燈光漸柔漸滅，就像話音四散時
想到從前的一句話，卻沒有
想起說話人的名字和一朵什麼棉花的芬芳

多露水的早餐，一棵嬌嫩的琵琶樹苗
與多雲的黃昏時樹皮與樹皮間的夫妻生活
擦拭調色板收拾畫筆，人各自
艱難地爬上畫架退回到一塊畫布

話的意思明白了，卻又明白了一次
就像在濃霧掩映的過江輪渡上東張西望
雙腿發軟，眼光微弱地停在甲板的椅子上
就像再讀一遍從前的信函
在發黃的，近乎哀泣的光線下

2019.1.

雪花箋

盼望下雪的是一個男人也可是一位女神
下雪時分我無意識地吹起一首老歌的口哨
下雪的時候我察覺說書的人說岔了某些情節
這些變化的情節導致人們浸溺在另一種情緒中
下雪前的天空：一抹信手拈來的月暈高懸

是從污濁的長江波浪裡冒出而又被攫取的月亮
我用力擤鼻涕，咳嗽，擦鼻頭細小的的汗珠
我孤寂的斷癮症犯了，我把下雪的氛圍弄亂了
我在你的眼中再也看不到一抹輕撫含羞草枝葉的風
我將袖珍的大海比作你青春時光最後的一汪淚水

2019.1.

偽詔令

這世上充滿空洞的名字
這世上充滿了陰沉、閉鎖的房舍
而我祖輩房舍周圍曾是竹林窸窸窣窣的幽冷
這世上現實需要在被割除搗毀的記憶裡千般摩挲
那在磚窯吃蚯蚓和活的小老鼠的孩子，還有不得不
吞下觀音土、蟑螂和烤屎殼郎的蚱蜢般的童工
他們渴望在瞌睡時成為一個大胖子像那樣打瞌睡
他們空空的滿肚子疑問，是我們至今集體書寫的沉默
那八歲女生在回家途中用本子擦拭下體不止的鮮血
那不是在擦而是在兜住她無法修復的被絞碎的處女膜
他們的生活不如一畦芥菜也不如驛站裡打著響鼻的健馬
不如駟馬高蓋車，印信和繫印的絲帶，和寫滿木牘的詔令
不如那個從漢代飛奔而來的實體及其在假冒文書上潦草的簽名

2019.1.

舊光線

天空是多年前大雁變換隊形後的蔚藍
我的喜歡打花牌的祖母是頂著雲朵的月亮

我的母親是眼神很不靈牙口不得勁的大樹
她年輕時是校園和醫院裡的一道飄搖的風景

我的父親的眼鏡曾是講臺上的聚光燈
他的膝蓋，在退休後開始彎曲又彎曲了

他在老家的床上成了一位滿懷成見的老祖父
說的是一些老話看的電視都是老故事頻道

後來他們一起來到我擠在大都市的家裡
他們彼此在爭吵中交換了他們擅長的部分

於是我母親整天在床上看在廚房忙碌的節目
我父親盲目地走來走去，製造更多的家務麻煩

他們的生命展示出更令人心酸的一面，反過來說
他們生活裡有一個非常淺顯的微笑我難以覺察

2019.1.

引頸向風

多高呢他仰起頭
就是像喜馬拉雅山那麼高吧
遠看是蜘蛛，或螞蟻
是節拍器一樣抖動的
胖乎乎的米粒蟲子
近看，是一個一個人
去到雪裏的峻嶺巔
卸下笨重的錄音設備
搭建肥皂泡一樣的帳篷
安放各種器材，他鳥瞰
雲霞和一整個連綿的山系
他獲得遠古巨人的視野
彷彿獲得了主宰世界和自己
與他人草芥般命運的超能
他低頭、低下頭（頭顱有如
擱在棉花包上不穩）看見影子
但不再是自己的影子
他如山鷹一樣飛躍，打開
彩蘑菇一般的尼龍降落傘
降落到祖輩微薄田產的
遺址上，調試並打開
麥克風聽到浩瀚無涯的
來自另一個聲域空間

彷彿從喉頭上升到軟齶
卻被猛地捏住喉管，又在
鼻腔和口腔裡打開的
寂靜和寂靜，那分明是
老年人衰老聽覺裡的
尖銳、沉重和絃中的遙遠
藏有音樂盒子的地窖
燒得剩下殘壁的錄影廳
愛情場景裡的淺睡眠
黑白默片的手勢與表情
車禍蘇醒的觸覺，凍在
冰川後期的爬行姿勢
馬刀揮動砍向激流之前
一陣陣停下來的風聲

2019.1.

採摘棉花

那是一個漂移的小鎮
平原像三國時期的平原一樣
人影代替了人的本身在不同的田壟上晃動

沒有坡度的棉田和稻田在緩慢旋轉
祥林嫂隨一個季節到來猶如
邢燕子越過一個朝代遠去

那孟浩然是否會在這兒怒演穆桂英呢
布穀鳥在鎮子四周起落著打開
滿腔滿喉嚨的音響

2019.1.

駁嫦娥

就算不是美女她們有很多也患有美女症
大街上張嘴傷人的老大媽，回家後
搖身即可變為美不勝收的小嬌娘
我描寫你快樂的流浪生活
我把你描述成為風情萬種的女人
然後逢人便假裝打聽一下你的地址
我看見你在搜尋引擎裡一陣陣地頹然老去
我簡直太喜歡月桂樹了！在課堂神話
章節裡我編織情結飄渺的故事都忘記了撒謊
我想到當年在村頭的桂花香氣中那離別的一瞥
當時，多卵石和塵土草屑的小徑在我芒鞋下滑移
你就在我的附近融化了一會兒，你走遠時
繫有瓊琚的玉帶飄飄背影越來越小但卻越來越清晰
然後在我心裡像一枚綠茶在杯底停住
而那時，你正用一柄隨身帶的小鏡子對著我
那以後我都用延宕的方式度過夏天度過四個季節
只是有一個快閃的念頭在被太陽烤焦的環形荒漠上跋涉
我與你，寄信的人與收信人之間有一次次書信體談話
信來信往，一頁複一頁，落款的日期屢屢不詳
探討命運的公式和週末政治的微積分
談說權貴的籍貫、制度的溫柔與一口香菇裡的俚語
涉及到金粉和蠹蟲我們都敏感地劈劈啪啪打出火星文
你作為女神將手懸在外星海峽上空凍得哆嗦

我作為被你在暗夜點燃的男人，苦於沖不破自己的軀殼
我無奈地在記憶裡美顏並採集你的無數指紋和人像
從前被弓箭射掉的人頭一一復原在歷代風化的雕塑上
而你從月球瞅望回來的眼神意味著即便是神仙也不得不努力
你說的我反駁的之間被隔絕了從沒有從來沒有言歸正傳

2019.1.

在潛江楊市鎮我作為劉氏雜貨鋪店主的一個時辰

打發走補貨的伊利業務員結了賬
斜倚著櫃檯，我翕動的嘴角
幾分逼真地垂掛著晶晶亮的小瀑布
像一個胖墩墩的原住民那樣，在花花綠綠
如雲霞般搖搖欲墜堆積物團繞下
我陷入午寐時光

睡了，那些木刻的家禽
睡了，體長38釐米的小黃鼠狼
那在包子鋪裡甩開膀子的是王二家的
睡了小理髮館、農機站和鈑金店
睡了水蜘蛛在祠堂旁池塘薄皮兒上
用么姑的縫紉機針腳飄行

我病歪歪的父親披著他老舊的人像去鎮北的銀行
接受營業部人像採集器的採集，他酒後坦承
我與他在天色忽然陰沉的時候互為父親
我老媽難得地在午後離開了我的眼光
被手指肚磨得錚亮的象棋棋子
字跡模糊地擺在門旁

鎮關西在肉案上又擼起袖子
自留地裡的稻草人拔腳溜到別的地方
我水土不服的堂客又回到海怪出沒的海島上去了
他們都鵝鵝鵝嘎嘎亂叫然後飛成白鷺起航
我鋪裡的雜貨真假參半堆積如山
滿足了仿古的居民們對於山寨的需求

有個高個男人挾持著個矮子進來了
他套著件破舊的袈裟，小不點
沒有穿啥毛乎乎的是個會行軍禮的孫猴子
我被驚醒過來連忙扔出幾枚小錢逗引他們爭搶
他們叫嚷著搶來搶去奪去奪來越跑越遠
把我的劉氏批零雜貨鋪帶向了遠方

2019.1.　贈楊漢年

輯二 口罩之城

解凍的日子

在時間被感染為另外的時間的那些天
圈養和豢養自己及父母家人，就像小女孩
在風一樣尾隨一陣春風急速奔跑時猛地跌倒
忽然覺得有些迷人的東西是可怕的
於是意識到此生的誤會曾經很多很多
不可猜度的事情就不再去猜度

在愛人早年留下的一顆山核桃上
有著一條不通向任何地方的蜿蜒小徑
隨之前行，總是在夢想的邊境轉回身來
那急促的呼吸和尖叫會再次由遠及近
當月亮與太陽在黎明的空中交疊，你站在窗前
巨大的悲喜會讓穿著睡衣的人們沖出家門

2020.3.

哀歌，溫和的疊放

我老母親下午告訴我她姐姐得的是霍亂
她漂亮的姐姐五歲，上吐下瀉，外婆
坐在旁邊也是漂漂亮亮的

沒有悔痛的生活是異常危險的
將電視機一直開著，開著
把全天全年整個世紀的晚會重放一遍

你我都將會進化成憤世嫉俗的消防隊員
幸福是一處處燃放的風景，多年前
死一個小孩子算還是不算什麼

說些別的吧，當有一天
鸚鵡開口哼唱出自己的曲調，在
所有寂靜和悲哀的樓群結束晃蕩的時刻

2020.3.

終結與開端

初春在窗外演示姿勢的改變
世界以被轟炸完畢後的方式停下來
人人被迫將自己的嘴巴隱藏
我們錯過了，我們丟失了
暴露的護士們被困在呼告與病毒的包圍圈

天氣多麼好，就像從戀愛裡掙脫那麼好
城市以一種默哀般的方式靜了下來
醜惡疾病和死亡都是真的嗎？
我們尋找了，我們保留了
在縮小又縮小的家裡錨定自己

我們不得不嘗試在另一種嘗試裡
我們不得不休眠在另一種休眠裡
我們不得不哭泣在另一種哭泣裡
不單是沉默，而是沉默中的空無
像是在懲罰，懲罰是被迫領取的禮物

我們錯亂在另一種錯亂裡
我們枯萎在另一種枯萎裡
我們寓言在另一種寓言裡
樓群如山谷有一個人被夾在雨中的山谷
一隻雀鷹繞著它的影子在東湖的岸邊環飛

我們吟唱在另外一種吟唱裡
我們呢喃在另外一種呢喃裡
我們閃爍在另外一種閃爍裡
每一個窒息者難道都是這世間多餘的人
你曾是這樣一個人彷彿我曾是那樣一個人

二十一世紀的加密壓縮包剛剛打開
心和舌頭是被丟在傳感裝置以外的器官
每扇門後的居家戰疫者還有沒有性的取向
我們否定了，我們忘記了
一個族群欠那餓死小男孩的一個笑話

2020.3.

滅絕

我們的城市在我恍惚時被狂風卷走
一千五百萬人被驅散到冬季荒涼的現場
那之前，長江白鱀豚搶先功能性滅絕
最後的魂魄如複眼磨砂觸角折斷的蜻蜓歪斜飛去
傳說中菊頭蝠的底牌藏匿在海鮮菜市場深處

衰弱的宿主僅僅遺落下一個被掏空的名字
而強壯的青年崩潰於自身的免疫系統
從子宮口開始喧鬧的旅程已然意外終止
殯儀館以其從未有過的冷清迎接一個
又一個渺小生命遽然被否決的現實

在實際上能否認為華南虎是
分佈在老舊社區默默潛行的野貓
空落落的街巷上環衛工人加倍地繁忙
每天都在抓緊拾取滿地被棄置的人類的氣味
人們在絕望中篤信恐龍被鳥類延續的理論

有的家庭燈盞永遠熄滅，有的家庭每個人
都被迫擱置在相互孤立的密閉的空間裡
這一年櫻花不開這一年的春天被從四季剝離

那些高不可問的人，會不會在那催促感恩高歌
而每張面龐上露出的是口罩從臉上剝離後的傷痕

2020.3.

隔離

大街如廣場般空曠
司機以極度偏轉的方式剎車
發出了瘋子般笑聲的不是瘋子
在陽臺上敲鑼哭訴呼救的
曾是一位靦腆的少婦

有人睡與醒都覺察不到
自己在呼吸，有人變換睡姿
為每次的呼吸而艱難努力
有如溺水者從水裡向上面探頭
呻吟聲來自遙遠的太空

我被噴滿藥液的四壁包圍
我拿起電話與1200公里外通話
我聽到一個小女童的聲音幾度
插入進來，她對外交流的
願望超越禮貌和日常教養

2020.2.

聲音遺址，挽或煌

或多你會感到對你的難過
或少，我會感到對我的難過

怕手裡的葡萄變生趕緊吃掉
當你在大成路9號的房間裡遞給我

心中的紀念使你免於全部消失
他們，入夏的爛人笨得還像是天才

那一年我們在福州仿古一條街上
你在舊光線那頭向我和我女兒張望

無定河的的水流過
背負逝去生命的生命

你走了我是你的朋友
我留下你是我的朋友

餘生，是用漢語講鬼故事
白蝴蝶的翅膀閃過星星

臉縫在橡膠手套上
美麗的水果縫在植被上

世界在不斷變小
沒有什麼好在乎的了

靠近我，告訴我
隨你的便吧我的兄弟

你送我的一整套梳子我掉了
我被弄掉了什麼也來不及梳理

鮮紅悸動成暗紅
貓又喵嗚了一下

2020.6.

小念頭

小時候的事情太多
金魚是否就像鯨魚一樣肥
在我還很小很小的時候
我就記不清了

我是這樣一個人
我是哪樣的一個人
餡餅人。大寫的小人
路燈將路人投入光影中

嘴巴隱藏著
教科書裡有教條的答案
詐騙藝術家。歲月靜好不饒人
這個冬天就像咳嗽一樣不停下來

春天到河道裡去
老鷹聽不懂養鷹人的呼喚
用書包運沙子，那些細沙
把遙遠的苦樂演繹成凝固的畫面

士兵在火力兇猛的包圍圈裡
意識到腦袋必須要自己扛著扛到底

一個源自哲學的人來到我們身邊
今夜的貧困，反芻道德與審美

2020.7.贈楊小濱

為一位疫情期間從群裡消失的同事而作

你最後一次到群裡接龍「體溫正常」
我沒有看到因為我那時還不在裡面
我記起你的孑然一身和默默無語
每天抽完你計算無誤的10根煙
間或小口小口喝一瓶可樂或橘子水
再就是炒股，偶爾與老同學打打撞球
我們打乒乓球時你總是按時離場回家
雖然你是我們中的唯一的單身，老單身
你的形象和各方面條件讓你可以與
不少的漂亮姑娘相親，但你長久默然
你的不向外界伸出觸手和對應口型
令所有延續約會的機會喪失了

從不主動言語，對世事從不非議
是同意或贊成一切的人，讓我記起
我在三十年前的一對夫妻同事
後背和你一樣謙卑地微微佝僂著
臉上的笑紋刻畫在石頭上一樣固定在那
後來，原諒我提及，他斧劈了別人的
女兒！我還想到火坑油鍋裡的舞蹈
現實的一部分也是惡夢的一部分
而且衝突與壓強會在某年把你擊中
我幾番打聽你的父親，退休後一直

代課不止的高齡高校數學教師
不過能獲得的訊息少得驚人

兢兢業業的人家裡出克勤克儉的人
節約到從不與他人進行言語與物質交換
我有點好奇，除了年齡你們父子的區別
傳聞……以及傳聞……這裡就不說了
病痛會夾雜在其間，在體檢報告裡
總會有些圖形和數據讓我們一無所知
虛弱的人自帶透明高牆，可壯得像一頭牛的牛
憤怒和被萬人狂懟的人也同在我們之間
你會對我不久前被推進手術室感到驚訝嗎
結局是「你」到群裡問部門頭兒的電話號碼
那是你弟弟，通過那個號碼告知我們
清風明月和淩霄寒霜已經繞過星辰

2020.6.

能量守恆

為什麼人們總是想歪做歪卻貌似無邪
連做鬼的人也必須拉升信服他們的指數
只有某些渾身浸淫負能量的人，才會
才急於令罹禍之眾向巍然之物低眉和磕首
並在滿月之夜呈現再也不忍複述的結局
有一種病像，羥基氯喹都來不及阻遏

疼痛與憂懼是現實的一部分
用漢語講述的故事中眼淚也佈滿病毒
烏鴉麻雀難道也會為討得你們歡心變身喜鵲
開始是妻子失去丈夫，女兒失去母親
在死掉的丈夫和死掉的妻子之後是結局
是人間失去了他們的剛剛成為孤兒的女兒

在死亡列車上所有的乘客被釘死在座位上
制服們隨意走動拿話筒對他們五官反復消毒
耳朵、眼睛和舌頭被丟棄在窗外碎石瓦礫之中
結果是看到的聽不見聽見的不能說出
我為你哀悼時你正在為我們哀悼但沒有哀樂
月亮和星星消逝時分與闔上的幾千對雙眸同步

疼痛與憂懼不再是疼痛憂懼本身
去超市理髮店時都會路過湖北，看到

「武漢每天不一樣」宣傳牌時會受到驚嚇
殘破城市如佈滿泥血玻璃渣的嬰兒被拽出來
而只有負能量，才整天晃動雙耳，讓別人
讓一直被損害的世界為他們輸送正能量

2020.3.

一把小蔥

在前天出門去取團購的麵包的時候
我忍不住跑到社區門外的菜市場
買了幾把小蔥，生薑蒜頭和番茄
我恍惚地提著這袋東西進了社區門後
因為內心的犯罪感而乾咳了兩聲，前面
不遠處一個小伙子也驚慌地發出乾咳

在今天早上我做早餐的時候，我從冰箱
拿出一小把沾有泥沙且不太新鮮的小蔥
我想到它，還有不易團購到的蒜頭和生薑
居然能夠提升這精打細算日子的品質
我父親前天評價過我做的雞蛋煎餅少蔥
他的話注入了我的無意識，使我冒了次險

今天上午我在網上找老百姓大藥房問藥時
我母親同學的女兒，李文亮那家醫院的醫生
告知我一個不幸的消息她媽媽初八離世了
她叮囑我父母保重並“珍惜有媽媽的時光”
當然這消息我暫時隱瞞了，而我還會珍惜那把
乾淨的小蔥以及所有微不足道的遙遠的清香

2020.2.

病例

那個因為沒戴口罩
被三個壯漢擒拿
並摁倒在地的孤寡女
站起來了

那個在電梯裡亂打
噴嚏，並四處塗抹的
穿灰羽絨的鳥人
被放出來了

那個在疫前寫通訊
宣揚醫生接診不戴口罩的
姓武姓劉姓毛和姓金的記者
也聚攏在一起了

市里區裡在開會
會議一如既往很重要
臺上就座的不都是袞袞諸公
台下是一些個翻新的代表

服用超量雙黃連的人
與吃蝙蝠倉鼠果子狸的人

他們也看見了彼此
病例們面面相覷

2020.2.

沒有稱呼的人

封城的前兩天下午我在4號地鐵見到
一個小伙子，光著嘴，眼神平靜單純
他在我站起身躲讓一個沒戴口罩發出
劇烈咳嗽的中年女性時側身坐在她身旁
周圍其他的人也開始閃避，或者扭頭
他是誰是幹什麼的從哪來要去到哪裡
被我瞬間正視又從我眼角的餘光中飄走

後來當我在無數個傳聞中也總想到他
當我聽說有人買薑蔥的15秒內被傳染
當我聽到不滿三十二歲的孕婦放棄治療
看到百步亭安居苑D區403全棟百合苑
20個單元加208全棟都傳出發燒消息
當我聽到「裸奔」的醫護在病毒中呼助
我總是想到那個被蒙在鼓裡的小伙子

他和那個咳嗽不止的中年女性就是
我們中間沒有機會聽到音訊和哨聲的人
我懷疑他是一家九口八人被感染的
其中一個，悲劇的序曲，是那麼日常
在七裡廟站他以這樣司空見慣的造型

楔入我的記憶：痛得沒有痛感只有更痛
我被沒稱呼的人帶入一種慘烈的運行中

2020.2.

雪人

小雪下了一陣子停了
然後是中到大雪但雪落無聲

因為今年小孩子們都不出門了
所以戴紅帽的雪人不會來了

「爸爸不在了，怎麼辦？」
「我再也沒有媽媽了！」

雪晴後，抱著CT片去取回骨灰
記憶如肺葉發白直到形成一個黑洞

那是一條由啜泣連接的道路
曾經被灑上一層晶瑩柔軟的白色

因為今年雪人不會到來
所以小孩子們也不會出去了

2020.2.

寄給後裔

有一天早晨醒來像往日一樣漫步
發覺社區的門衛被獄卒代換

城市改裝成醫院，城區即病區
所有的科室合併成一個發熱的門診

所有的行蹤、對話和情緒
必須向有無數觸手的巨型生物打卡

斷尾的蜥蜴，能飛的螞蚱，碎步的小鴿子
以及威武老虎和狡猾狐狸都學會了人類眉頭緊鎖

說句玩笑人們知曉的從來不敢比你們告知的多
只知道生而為人如今終於解除了欲望與歡欣的綁定

那些永遠閉嘴者以遺言教導我們：我們渡過劫波
疼痛將嵌入我們的DNA然後我們面臨下一個劫波

2020.2.

導演與護士

我們所經歷的一切
可以倒退到開始的地方
所謂零號病人被證實子虛烏有
十萬枝箭矢退回曹營大軍的箭簍
從「人傳人」改口到「絕不人傳人」
華南海鮮市場紅紅火火依舊熙熙攘攘
醫生和護士們猶如凱旋的大軍丟盔卸甲
那些擁擠等待開藥打點滴的那些呼喚試劑盒
終日繞著門診大樓徘徊的發熱咳嗽的人們
安靜下來，讀到體溫計上的標示降落到36.2度

那些被免職被責罵者恢復原職撫觸衣冠
而當他或她不甘地閉上雙眼，如果抹去涕淚
我們就能夠看到他或她的臉上出現蘇醒的跡象
堆放在救護車上的軀體，顛簸到殯儀館
在消毒的霧氣裡會悄然扯開裹屍袋從車上
啪嗒地滾落下來一邊大口呼吸一邊趕忙
幫自己掛上興高采烈的笑臉，然而
劇情由導演和他的護士姐姐出演
他的父母和妻子也都出鏡了
但永遠永遠不會被播出

2020.2.

2020年1月1日，吃麵

那天的晨光下
我看見一位老媽媽在吃麵
是在吃湯麵不是熱乾麵
她吃得很慢所以碗裡的麵條越來越多
當她起身，她的身後，左邊和右邊
人們像能夠激起飛沫的水波那樣川流不息

那天電視上有八個造謠者被查處的謠言
二十一世紀的第二個十年寰球猛地卡停了
有人在大街上走著走著就倒地踏上了斷魂橋
唉什麼是「密切接觸人員」什麼又是「易感人群」？
旅店或家無非就是籠子籠子裡關著一窩窩胖鳥

再過十七年那位老媽媽會到哪兒吃麵呢？
又會有新投生的一代人在她的周圍奔湧飛濺
這座城市的戀人們，都會忘記戴上透明的口罩接吻
更老的老媽媽牙齒咯咯作響打著寒顫在吃麵條

2020.2.

獻祭

城市在一天內變為同名城市博物館
最細弱的咳嗽堪比冬日的驚雷

一千萬口罩罩住萬里挑一的刀子嘴
也罩住俯首貼耳的默然的嘴

肺葉發白如飛蛾撲向光明的醫院
呼吸窘迫，恐懼的黏液不停地分泌

那些東倒西歪每日排隊的病號
是砸在誰手上的一把亂牌

滿城拉響警笛的救護車搜羅發熱的人
殯儀館小庫房，敞開的骨灰盒已越來越少

祈求被全副武裝的戀人俘虜
神和暗夜重新成為人間最高的隱喻

藍色星球滾動著遠去，將父母
滴血的星星和蝙蝠丟棄並定格在那兒

2020.2.

蜜蜂與貓

在我去為家人取藥的時候
我見到竹林邊一隻貓在那兒漫步
那是一隻淺黃色的沒有戴口罩的貓
它是誰派來的？用鬍鬚來探查
燦爛陽光下的無人世界

我看到垃圾桶上安靜得沒有蒼蠅
蒼蠅還有蜜蜂都是用觸角來傳達消息
垃圾桶的濃郁或花朵的芬芳，需要
另一種不為人知的無聲的語言
如遠處的大街上的救護車靈車無聲滑動

貓的瞳孔在強光下痙攣般收縮
花粉像病毒一樣懸浮在空中
就好比滿城的呻吟積聚成空中的慟嚎
蜂箱上瘦弱的蜜蜂與繁花遠隔千里
蜜蜂飛舞，伴隨著逝去的養蜂人

2020.2.

疫後一日

燒傷科爆滿
擠滿了從洞穴裡出來
被猛烈的陽光炙傷的人
眼科爆滿
擠滿了因為長久地
沒看到陌生面孔
因而瞳仁硬化的人

神經內科爆滿
擠滿了在頭腦裡
轟鳴的，未能
被剪輯到完成的
那些親人們的喘息
殯儀館爆滿，不是
因為那天化的人多

而是這座城市的
大幾十台焚化爐
一多半在檢修
少數的還需要疏通
空氣中二氧化硫

數據大大降低，那天
天氣正好晴轉多雲

2020.2.

硬核病

被懲處的八個醫者遭到64萬個點讚
家住神奈川的老奶奶因新冠肺炎去世
三小時遭到五萬七千個點讚，是什麼
硬核的病毒侵染網路穿透了顯示器
譏笑營養製劑、儲氣面罩和高流量氧療
是什麼樣的確幸到達腦袋抽筋的程度
我始終沒有敲出，「××」這個形容詞

此時誰出門誰就被目為精神病院患者
在病床上久久沒來得及拖走的遺體擊碎了
又一個臨床垂危者的求生的信念，燒得
猶如在烈火中燃燒的人們形成了城市
被冬天封鎖的城市中破碎的吞咽的哀嚎
烏鴉從江漢平原的田野上飛過來飛過去
在陰雲的庇護下死者的灰燼加入了它們

2020.2.

閻王簿

被華南虎的利爪撫摸
雖然老虎早已絕跡
被無形的氣息所毒化
雖然空氣還是那樣涼爽
被冠狀的，肉眼看不到的
物質所裹挾著禁閉
鑽石公主號城市
漂流在海上

那些來回奔走的身影
那些在急診樓外的大樹下
勉強打上如天降點滴的老少
那些在家裡哭嚎的
咳嗽得渾身酸軟的傳染源
他們就是那樣地揮霍了
早期發作的，寶貴的
病情惡化前的時光

個別人寧可在家腹瀉不止
直到被消防員保安駕走
那些正被臨終關懷的患者
被撤離可能延續幾天生命的
所在，回到家中咽氣

那些一家老小走投無路
被恐怖的體溫計測量
缺乏藥物和安慰

殯儀館一些手機被亂扔
那屬於那些臨死前沒有遺囑
沒親人陪伴的人，被工人
從裹屍袋裡清理出來
他們的聲紋腦電波消失
指紋殘留於不同品牌的手機
手機後來在某電子維修店
出現，光潔如新

2020.2.

街景

天空上的烏雲灰藍
那是另一片天空，市區
重新挺立在江邊河畔
那是一座積木搭就的新區
環衛工的工作依舊繁忙

救護車紛紛回到車庫喘息
被臨時無限期取消婚禮
或者被迫取消約會的
男男女女就像電源短路
一樣紛紛擦出火花

遠處的商業大廈是陌生的
猶如空曠地方的一點
吸引眼球的東西，替代
報上流產10天卻被讚美
再沖到一線的小護士

懷孕的醫生夫婦的兒子
已誕生出來，以嬰兒
特有的腔調哭泣著，夜色

呈現出毛玻璃狀的斑點
在今夜，遲遲沒有降落

2020.2.

非實況轉播

社區進門的時候曾需要口令
出社區大門曾需要證明
但一切都已經被解除之後
我路過那門口的時候還記得
某日口令，來自朱自清的句子
我的回復是「一切都像是
剛剛睡醒的樣子」

「有朋自遠方來」「必誅之」
隔日更新的口令是「嫦娥」
郊區村口有人手執青龍偃月刀
空地上擺放著一盒盒菜品
居民做賊似地拿了就溜
人行道上不存在的人群裡
有人定定神調整瞳孔焦距

在附近衛斌生鮮超市
在遠處是麵媽媽熱擀麵館
排隊的人群，人與人間
隔得更開了一些之間的距離
可以容納一個隱形人，無人的

飛機不再在一對情侶的頭上懸停
他們摘下口罩親吻時曾被喝止

2020.2.

願望

啈嚓一聲
一座座城市的音訊
和視頻就恢復了

呼吸
心跳和心跳
灌滿整個大街

摘下一次性的口罩
也摘下表明身分的N95口罩
露出嶄新的微笑

只是受過傷的眼神
在偶爾，抬頭仰望天空時
會有瞬間不易察覺的凝滯不動

在倒閉的KTV店前
那位自囚中變老的大一女生
重新變成一幅剛剛完成的粉彩畫

我看見一位長得像我年輕時母親的
她看見以前的燒烤攤位附近，她看見
那裡蹲著一個美味的男人

2020.2.

永不明白：紀念一位醫生

訓誡書的簽名人死了
他簽名前寫下了「能」和「明白」
勒令他明白的人後來紛紛戴上了口罩
他們的口罩對粉塵病菌的靜電吸附能力是否更強
差一點點被擾亂的社會秩序又恢復「正常」
但後來人們都遷移到《空城計》裡去了
醫院水泄不通大街小巷都空空了

在2020年2月6日21點30分停止呼吸和心跳
被他簽署的那個名字已經脫離了活的軀體
2020年2月7日2點58分被批准允許死亡
哀痛的人們被迫由哀悼轉祈禱再度哀悼
當他已死透難道還要不得不等他們去賄賂死神？
在醫學死亡之後還注射和擊打遺體的醫護兄弟姊妹們
是什麼樣的力量掌握著你們酸軟的手和臂膀？

冬日的寒夜，如同下著漫天的黑雪
覆蓋了完整的中世紀街景彷彿瘟疫時期的波旁王朝
也彷彿是三國時期諸葛亮一個人趺坐在殯儀館
其他所有的人連夜從地下通道棄城逃走
然後一半是古代一半是當代，城市和郊野
被儒家的哲學和道家的智慧所佔領
再也沒有淚崩的眼睛看到邪惡

我們再也無法談論夢和美學
因為未來的遺腹子的母親在垂淚
那六個月的胎兒從生理上清晰感受到了
她或他五歲的缺乏照料的哥哥，舅舅的低燒
發燒完畢的爺爺奶奶能夠嗚咽著自理
她或他將誕生於氣溶膠的病毒裡
那些謠言是他或她的繈褓

所有的野味都在二環高速上狂奔而去
切爾諾貝利的輻射雲從異國他鄉飄過來又飄走了
潛伏期的機器人在開會回答準備充分的問題
人們蝙蝠一樣倒掛在有門和窗子的岩洞裡
祈禱吧時間，回到2020年1月3日，重新開始
無數的生命的倒計時那彎腰的人們在平原站起來諦聽
諦聽醫生撒謊「一切正常，減去死亡」

2020.2.7.　武昌，匆筆

沿途都在消逝

我曾讚頌全是線條與色彩的生活
炊煙和輕嘆飛向靜止的雲朵
同時頭腦未曾填滿疑問，鳥收斂翅膀
猶如鐘擺懸掛在各種圖案的窗簾上
配以異國他鄉我飄忽的斷斷續續的神色

但相親的人卻又在相互投擲孤獨
可悲傷的女孩看見自己的替身在哭泣
吳花燕在講述貧窮致死的故事時認領了
正面側面顯影的憤怒的事物，親戚們
在最不恰當的時刻不得不鬆手

眼淚彷彿雨從顫抖燃燒的霧靄中滴落下來
米飯與糟辣椒再也攪拌不出青紅皂白
身體與瘦弱可堪繼續演繹能量守恆定律
在寒冷中，有一則律條，在守望善良去忤逆
而一縷在消逝中的光線攀爬在眉毛的遺跡上面

2020.1.

口罩之城

我看到我手提搶來的蔬菜和糧食
踉蹌在眾多行人與蹣跚者之間
我知道他們是一些被玩快閃遊戲的居民
中南路珞喻路石牌嶺以及寶通寺即將空無一人
他們的臉部是在凌晨聽到訊息後凝固的
他們扯起口罩和最大號的購物車出門
那天陰沉的光線來自飛沫亂噴的口腔診室

如果站在旋轉著飛起來的黃鶴樓往下看
會看到黑白頭髮下的口罩口罩口罩和口罩
人們今晨的半邊長相有一種別的含義
他們的神態在無紡布的干預下空蕩蕩的
看不見的蝙蝠像清明節的菊花那樣飛來飛去
人們斷續談論穿山甲、果子狸，蛇和竹鼠
模擬恐怖片犯罪片戰爭片人物的口氣

他們回到各自開平碉樓般的家裡
他們關門反鎖時的哢嚓聲震耳欲聾
高鐵高速路國道鎮道和村道被阻斷和挖斷
全民皆兵卒在城牆裡守護著帶薪不帶薪的假期
他們可以用聽覺捕獲到龜山蛇山上空烏雲的叫聲
他們來到殘缺不全的網路上交換病毒的氣息
地球猶如月亮一樣恨恨地映照著環形山

從來沒有這麼冷清的門神和灶王爺
從來沒有這麼暗淡的春聯和貼歪的福字
他人或自己就是人體投毒嫌疑物件
他們的居所是臨時用來軟埋的好地方
體弱多病的父親彷彿是故意老去的
來不及為母親買好傷心的保險
不敢相握的手，指甲在瞬間長長

從來沒有這麼靜如止水的婚禮
盛裝的新娘從郊區路口獨自走向接親的隊伍
送嫁的娘家人停止在雙方陣地鞭炮音樂中
遠遠地手搭涼棚乾巴巴奇怪地望著彷彿置身事外
從來沒那麼熱鬧的葬禮，去過的幾個人
與沒有去成的人們太不成比例
職業哭喪者在民俗中復活

那些死去的人像以往死去的人一樣沒有心理準備
那些有基礎病的老者被死神安排在隊伍的前列
那些被確診的死者死的過程得以慢鏡頭重播
那些恐懼死亡的人在天佑醫院和中心醫院和金銀潭醫院
紛紛通過手機或聊天軟體發出瀕臨死亡的話語
並安頓了或多或少的隱私和暴露銀行卡深處的數字
那些未被確診的速死者眼淚從遺像上滴落下來

雖然有一條黑紗連接著死者與生者
甚至在另一個世界可以再愛同一個人
但為什麼他們的話人們只懂了三分之一
但為什麼浩蕩的江河水不可以有一個漩渦
使得水流瞬間向相反的方向靈巧地自由流動
為什麼有一些人在懺悔時居然還沒有供認不諱
為什麼他們在歌舞場染上的臉僵症那麼快地痊癒了

為什麼他們開始不想跟你們分享可能性
初始病歷上沒有留下一道飛流直下的指令
他們然後是不想跟你們闡明不可能性
神祕會議猶如泛黃的默片中的竊竊私語
那些發燒的體溫在喜慶的舞蹈中揮霍歡騰
十幾萬人參加的被批准的和誇讚的宴會後杯盤狼藉
他們最後宣佈成功發明一個人的盛宴

為什麼指責戴口罩時間與指責不戴口罩時間
之間只有一個短促來不及取與戴的間奏曲
為什麼從口罩中洩露口音的人必須噤聲
蝗蟲般逃出空城的人們被阻截驅除然後收留
為什麼求救聲浪與救援車隊之間
出現過蝸牛黏液般的鼾聲，口罩口罩
口罩啊你要不要雪花般地飄落下來

於是把你封在為防霧霾時的口罩裡戴起來彷彿應感謝霧霾
把我封在《十日談》翻到「奶牛在死寂的大街上亂逛」
把你封在2003年5月17日口罩著服務員的「老半齋」中
把我封在2001年9月11日的被一搶而空的報攤附近
把你封在2008年5月12日教室的廢墟裡呻吟細如遊絲
把我封在2019年12月21日佛山的一盆水蛇火鍋上
在這裡在這裡在這裡先這樣然後這樣最後這樣

窗簾外，東湖梅影像敵軍那樣成倍地晃動
黑暗樓群間口罩裡飆出的歌聲有如振翅的枯葉蝶
從各自視窗撲閃而出後滑墜，火神與雷神
驅動著大鳥般的挖掘機日夜轉圈狂奔
活著的人與死去的人軀體已衰朽，但身影將
與飄蕩起來的文身圖案在下一次封城之前纏綿不已
因為所以，廚房的餐桌上有一條虛線連接著我們

2020.1.28.　武昌

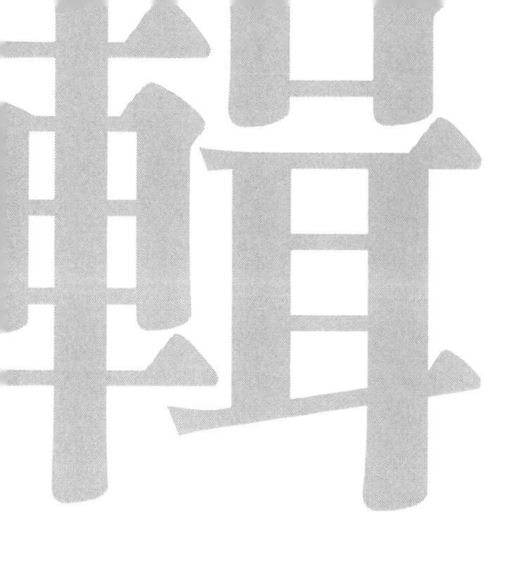

我和小旋風一塊兒
睡在帕屏寺的附近

三

家族

祖父潦倒後被他
以前的雇工淺埋在某地

長者被探望者的疾病感染而亡
他們沒有想到的我都喜歡
我像雨中的快遞員那樣在雨的叢林裡凝視

陰影在盆碗上堆積

幾個世紀疊加的落日不均勻地
散落在顫抖的地平線上

2018.12.

我和小旋風一塊兒睡在帕屏寺的附近

我和小旋風一塊兒睡在帕屏寺的附近
凌晨，被鐘聲和激昂的誦經聲震醒
我睜開眼看見的是清邁的黑暗
然後是嬰兒房牆壁上懸掛著的一窗風景
我看見松鼠如鳥兒貼著青芒樹枝和電線在飛
我看見鳥兒如松鼠貼著電線和青芒果樹枝在飛
我覺得我在世上需要說出的只有一句話
我覺得我在世上需要讀的只有一本書
我覺得我在世上需要的溫柔只是今晨的一束微光
我看見更遠處的紫竹花分泌出白色的花粉

2018.7.

自肖像

1967在幼稚園以為我是我的導演
1970發蒙時發覺，我只是我的演員
或者說有馬虎編劇來當我的父母
（頭繫藍蝴蝶結的女孩兒以及
年輕漂亮的姑娘是我母親生我之前）
他們一個塗白臉，一個抹紅花臉
我的作業是按照腳本不假思索地出演
我屏息，在空無一人的佈景前發現
我怪異的五官與別人的不同，我看見
海底的淺源地震與火山活動頻繁
抵達現實的鏡子陰影穿過光線

二男一女在洛杉磯扒光他們的同學
而替身在我年少時的影院鬥毆而亡
諸多的製片者盤旋在他影子周圍
掐斷的橋段是殘酷殺手與蛇蠍的美豔
我被迫到郊野尋覓食物賴以生存：
一塊削掉半截的紅薯、藕節和蛙肉
蓮蓬、荸薺和桃樹尖上的幾顆毛桃打蔫
不在生活的現場，而從疑是現場以外回溯
日記從未連貫老師在課堂上口吐荒誕
在練習本上塗抹夢境的波紋，我眯著眼
在嚇尿的平靜中著火爆炸過兩次

日全食或日偏食從非洲進入西藏到達內蒙
我在北方香精廠旁的階梯教室埋頭閱讀
坐海輪到達浪濤滾滾的海岸，在日俄戰事
銹蝕的炮臺旁體會魚群如何在遠古直沖雲霄
送別的車站，抽泣出永別前夕的淚水
蠟筆畫出的山脈幻化為水墨的悠遠
從被愛吸引到薄情寡義，從室內
到江河、叢林、溪流和密插秧苗的稻田
再返回到，曾經流連的彌漫礦塵
南方的人才市場和繪圖架總裝車間
在多風和陽光的城市匯入上班的人流

光緒皇帝被迫在中南海的瀛台垂釣
排列嬰兒素和壯骨酒的道路延展到天邊
與銷售出身的老闆密談，窗外是偷聽的員工
上百位年齡相仿的女孩模糊地在眼前靦腆
她們在蓋上青春郵戳信封裡擁擠作一團
轉學的女兒離開學校，徘徊在外，不肯聽勸
我奔赴到街心花園與她細數光陰和理想的苦甜
大幅度跳躍式鏡頭組接，廣場上的面容暗淡
那位數度來到博物館探望西漢情人的上海女子
令我想起春夏秋的談話，書本墜入懸崖
拋撒古老手稿中的碎詞驅趕平原上烏鴉漫天

我也是在小涼山餓死但沒死透的流浪兒
我在迴圈不已的過去式中年裡漸漸接受自己：
一個懦弱人物的輪廓及開始鬆弛的照片
我俯仰在床的父親每日默默服用抗日神劇
我挽著半盲的老母，漫步塗家嶺菜市場
與我配戲的那位重慶少婦人淚水漣漣
她的攤點案頭的手機熱播劇正搖動著光環
在那螢幕裡，我年輕的履歷被揉皺清洗甩乾
植入我眼裡的是棕黑的瞳仁，從後視鏡裡面
我看見一個超速的男人面對終點加大油門
我看見聚集我身上的人們如水珠飛濺

2018.12.

虛證

該如何理解生活這個命題
女主角在菜市場的兩次哼唱表明
命運與分歧是多麼獨特和美麗
節奏很慢，小矮人
在廣場上揮灑夏日的色彩

不瞭解對方的兩個人都明白
他們是一對戀人，在下午
即興的表白帶來一些愜意的幽默
兩人打碎了浪漫微笑告別
在下午五點後他們該怎麼辦？

移動的鏡頭製造驚奇
冒犯的細節前後都不連貫了
一如逃亡段落的混亂剪輯
一如她在想你的時候想你
沒有想你的時候想不到別的事情

扣題與離題的技巧
戲劇性的旁白

我的代稱在海邊，（最後的
大海，一抹魚肚白）和你
躺在灘塗上談論月亮上的居民

2018.12.

清邁女子監獄按摩館

房間像合上的書頁那樣暗下來
剛剛服完刑的女人臂膀化為液態的羽毛
古代的絲綢從皮膚的細絨上拂過
淡淡熱帶雨林的香氣，蘭納泰王國的
語言，彌漫了整個幼象起舞的城區
疲憊到訪的漢人，微笑點頭，沉默
幾乎是兩個部族之間的古老沉默

一度人只是假冒的失語症患者
一度人只是軟綿綿的懶蟲，皮膚下
除了霧化水汽和軟組織什麼都沒有
油膏、草藥的熱敷、磨砂和指壓
一度，躺在蕨類、花瓣與落葉之間
離蛙鳴的荷塘很近很近荷葉晃下水珠
她的呼吸猶如池塘邊輕輕拍打的水花

2018.11.

柔軟的群山

在吆喝聲不再的黃河壺口以北
再沒有哪場紛揚的雪比哪一場大

鮮豔與黎明又在攻打戲臺，以美麗
新世界為武器以及英勇的方式

在早已做舊與腐敗的江南也沒有
哪一叢斑竹微風小於哪一抹桂花煙雨

方言中貓頭鷹形同烏有的現實無可更改
從往昔的隨心而動到無可更改

冤恨的臣民在啼血並淹死在血泊中
喜歡落葉的人已在夏天死去

2018.12.

毛衣之詩

你站在一座折疊的橋上

老租界有著1930年代的男子氣概
所有的拐角和拐彎處
深色的頭髮，伸長脖子仰望

那些
由霧霾伸向藍天的企業
比貿易爭端中的枝椏
更有遠見

2018.12.

帕瑪哈泰寺的一塊磚渣

在秋天我的近旁來了幾個人
發燒的人、受苦的人和強健的人
他們成群結隊地踏上我的身體
我是行腳僧人，是隱姓埋名的雲遊者
我看見一個女子坐在樹洞裡
晨霧是她的面紗，我是掃地僧和拾柴僧

我睡在一片邊緣捲曲的棕櫚葉子上
我在大城帕瑪哈泰寺遇到無頭女子坐在
12尊大佛的中央，她身體漸漸風化
她曾坐在那兒親眼見到戰火和雷電炸飛了
屋頂和四面的牆壁，炸飛了
13座高塔周圍圍繞著的120尊坐佛

以及廟門的夜叉和一株千年的菩提
她的頭顱被包裹在廟門以外的樹根中
觀世音的頭顱被觸角一樣的菩提樹根環抱
我在拜謁她時把頭低得幾乎挨到了地面
於是我撿到一塊赭紅的磚渣我悄悄握在手裡
那塊不屬於我的磚渣啊和我的身分一樣遺失了

2018.9.

浦江集：人民公園相親角

在秋天的每一片葉子
都在掉落下來，人民公園
花花綠綠或暗灰色系的傘擱放在地面
每一柄傘傾斜的傘面上都黏貼著
那些老人的冷兒子暖女兒的職業身高學歷
是否有居所以及特長愛好

天氣還好，薄薄的陽光讓我們相信
偶然來到人間的所有事物
都會邂逅到與其配對的另一半
但會錯過，錯過一些重要的日子
從複雜的現實中抽離出來的
一連串問題繚繞在他們的發梢鬢角

有些母親已經蒼老，邁著彷彿
多年前懷孕後期艱難的步伐
她們的丈夫也老了，懷裡捂著
兒女長到越過婚配年齡前的照片
這些照片被起皺皮膚上的溫度暖和著
在公園的一角移動，沒有警笛

也沒有炸彈亂飛只有為沒有犯過錯誤
卻無端沿著脊背慢慢爬上來的自責

一對又一對，可能的親家在黃昏談了很久
那些夏天的祕密和被交換的故事
悄聲細語之後靜寂無聲，然後發出
浮游於婚宴外低低的一聲咳嗽

2018.10.

濱湖集：珠頸斑鳩

朝北的窗戶外建造中的樓群快速上升
遠處的山廓和靈濟塔到夏天就會被隔開

一隻珠頸斑鳩到訪我們的窗臺
每天到來的也許是一隻，也許是不同的

我與那鳥之間隔著玻璃或窗紗
我的老父親來了電話，隔著幾聲模糊的鳥鳴

晚間，朝南的陽臺上晾衣架晾著斑斑駁駁的月光
附近是幾乎懸空的故鄉小鎮，人影倒立著走動

我看了看電視：一個主角包圍了一群鬼子
鳥的嘀咕猶如翠綠景色中水滴的直播

2018.4.

濱湖集：寶通寺

大街上再沒有熟讀《烈女傳》的人
也沒有「遇生人就轉身」的千金之軀了

到山中的人帶上了他們的方言和舞步
到海邊的人在廣場看沒有劇情的戲

把情感以外的問題置之度外
他與她融入那個銀色鑲邊的夜晚

國家級祕密是胎兒在母腹中的知覺
靈濟塔下占卜的老生在哂笑晴空

有一隻淹死在時間中的魚，為了
讓我們懷念它而融化般悄悄地逝去

2018.4.

濱湖集：獨自穿過

你看到孤獨的人穿過長滿棉花的平原
就必定，有另一個你看不到的孤獨的人
他和二億頭動物一起在站著睡覺

而專制的房間裡有人在顛鸞倒鳳
之後的鼾聲裡有很多的回聲在反射
月亮，是那個與黑暗雙卵同生的月亮

你選擇的記憶恐怕是最好的
活在小成本的文藝片裡
起初一聲輕嘆，十五年後淚如泉湧

2018.4.

濱湖集：特萊津集中營與南京下關碼頭

一切都過去了
確實是下關碼頭的血水[①]
而不是雪雨把廣場的鴿群沖散的
「勞動光榮」「勞動使你自由」[②]，歐洲的
月亮，來到亞洲的黑暗中跳舞

雖然，書裡沒有
記載在進攻挪威時
蘇聯提供了海軍基地
中國東北的暴掠也子虛烏有
那音樂般的呻吟，如透明的牆
把爆炸聲和槍聲阻擋在一切的外面

天狗把月亮吞了的時候
遠方特萊津和附近的南京都被吞了
倖存者被押送到荒草萋萋的空地勞動
苦寒的時刻，是一支
黃臘梅在群山中的窗戶旁獨白

注釋①：1937年12月12日晚，逃到下關的中國守軍已經失去建制，成為混亂的散兵，其中有些人自己紮筏過江，很多人淹死、或是被趕到的日軍射殺在江中。翌日晨，長達四十多天的南京大屠殺開始。

注釋②：二戰期間，德國納粹政府佔領了捷克，利用捷克特萊津城原有的監禁設施和城堡建築，建立了一處容納幾十萬人的猶太人隔離區和集中營，「勞動光榮」「勞動使你自由」為監區牆面上的標語。

2018.4.

濱湖集：鄰居們

我小時候
有很多課在田地裡上
課堂知識欠缺的老粗在如今
已作古的老大哥慫恿下闖進學校
在教室給知識豐富的老師上課
在丘陵的凸凹處的牛群都豎起耳朵

隔壁家具的乾裂聲劈啪作響
揍老師的人向老師吐痰的人如今
是一個個滿臉皺紋的嬰孩，如果
如果沒認錯的話（沒「認錯」）
我的某些鄰居便是
那些被刪但還沒刪乾淨的年代的生物

2018.3.

域外集：西貢印象

我們從1932年建造的旅店出來
門童是老派侍者，乾淨的赤腳黑黑的
我們要到達的是紀念戰爭的地方
那裡鋼釘釘入腳跟，竹籤刺穿
軍用皮靴腿破碎指甲被刪除
琬文秀沅文成被投入老虎籠子
陳舊的武器來自美國和中國

我們從那黑白世界裡出來
發覺大門位於中央郵局與紅教堂之間
我們看到比蝗蟲還要密集的在大街
一波波湧動的摩托車車流，那些車流
有著異樣的安靜腳上的拖鞋安靜
等紅綠燈的騎手眼神安安靜靜，坐在
各自車位上隱約聽得到佛經

2018.3.

濱湖集：漫長的初戀

秋季零星暖和的日子
一位窮親戚掏出所有的積蓄買下的日子
富婆年輕時彎腰撿起硬幣的日子
而那些大樹幼樹像滴水似的
綻發嫩芽的日子

我想起那些需要被紀念的人
我翻閱歷史書中那些生命竭盡的雪花
我找尋或避讓獨木橋頭的鬼針草
我憐惜那些老去的猶如叛徒的才華
被封存於濃霧流淌的大街

蜜月和青春可不可連任，可不可以
不把我以及另一個老去的我派往
與死神拔河的運動項目組
我們在空蕩的萬物中尋找確認，我們
在沒有牆壁和天花板的房舍裡來來回回

2018.3.

濱湖集：元宵節

年輕的春天時光
身材與天氣成反比

櫻花花苞在枝頭已經摁不住了
元宵節時柳如是吃了幾個湯圓

個頭比照片還大
在頭版頭條上又白又圓

大霧降臨
燕郊的檢查趨緊

那些從會場出來回到家裡的
臉盤恢復到原來的樣子

2018.3.

三盟集：垂釣

在小的我不記得
具體年齡的某年某天
我一個人拿著漁具跑到山中
池塘安靜得有如可以舔一口的油畫

魚竿拉起了一團幽光，我驚覺
我是那天第一個醒來的人

2018.2.

三盟集：紀年

1942蝗蟲吃光了乾渴的中原
巴丹半島的乾渴行軍也是在1942
我途經的1969殘破牆壁上滿是
性器的語言，大字報
被紅色的雨露打濕
曬漁網的地方哈爾濱1918拱起
洋蔥圓頂的教堂，路邊
日本赤松列成了一排
2014母親半盲父親
蹣跚的膝蓋彎曲，為什麼
為什麼我一老他們就老
1985我被強分到滿是灰土的地方
初戀的涎水脫口而出
1959黑煙夾黃煙（謊言）四起
具有讓人民笑不出來的幽默
2017武漢東湖水面有著推理的表象
風頭亦左亦右形勢喜人
262婦女們吃瓜姿勢
乃三國時
甄皇后一脈嫡傳

1984長春的君子蘭被捧上了天
2018我有一個零
那麼大的問題

2018.2.

三盟集：王維來信

秋天的菩提樹葉
落在空蕩蕩的院落

靜在青松松濤裡的泉聲
菊花綻放出疼痛

綢緞更換深藍的棉布
經案、藥臼與繩床

回頭悵望一千里的鳥道
掌心裡寫下病句

繞過永遠也找不到的
明晃晃但沒有榴花的石榴樹林

管弦撥動柳色，出任了
敵方委任的官職

2018.2.

三盟集：高冷

這一年冬天特別高冷的地點
是在被撤走的高空作業升降梯的上方
一隻手套從那裡猝不及防地掉下來
一隻磨損的手套恰巧落在一片枯葉的附近
枯葉由褐黃變得鮮紅然後發暗，那是
剛剛被一灘冒著熱氣的熱血濡染了

一個剛剛被刪除的人對應於我們
書寫中被要求刪除的形象，將對應於
一個瞬間那是沉甸甸的皮囊觸及地表的
瞬間！這之前他冷冷地懸在高處，看到了
寬闊的天空上的煙雲彷彿巨人的腳步
升降梯和三輪車被拉走漸漸遠了

六件制服也漸漸遠成了
省……略……號……
一隻鳥在鳥群的波濤裡驟然停頓
猶如顫動在銀杏湖反光上的一小截陰影
頭部在水泥地上撞出一陣細灰，生者
與死者合二為一的瞬間發出了嘭的一聲

2018.2.悼歐陽斌

浦江集：小鎮來信

就好比我在童年時爬上樹幹
鳥巢猶如黑太陽把我照耀
就好比我少年時手指顫抖地探入
深深的樹洞，或揭掉了瓦片的屋簷裡
那些雛雀在我掌間歡騰

就好比我大二奔向班級的郵箱
我抱緊寫有我名字的8封來信
（信裡的言辭全是寂靜），我邁步
在有如燃燒的鋼水般的夕光裡邁步
看到自己被風吹歪的身影

藍月亮升起來後是紅月亮
在老式危舊的盛滿倒影的庭院裡
那些鳥一樣的信那些信一樣的鳥雀
被我發白的手勢嗖地驚開，然後它們
再次簇擁著慢慢地靠近了我

2018.2.

浦江集：茶館

下午是去茶肆
撿拾剩煙頭的時辰
環繞小鎮的河流停在河床上
在秋日清清涼涼的下午，隨他
我逝去的祖父下樓的
是我的一團暗影

那些富裕的人家也很窮
李松貿家夏天兩套換洗衣服
福鑫記家是三套，坐在
那兒喝茶的半天抑或也是一生
久久，那些銀元般的月光
使得深井乾枯

2018.2.

扛玻璃的人

重返人間

我們飛到了一個機場
一樣清潔得過分的國度
那時間天空與大地
同樣乾乾淨淨彷彿有透明感
四周密集的行人安安靜靜
那不是美白且安裝消音器的
那是一種驚奇，也彷彿
某場景喚回了動物的失憶
那種久遠的古代或未來
2017年8月21日一大早
在人行道上，在一絲不苟的
黃色盲道線旁邊，我看見
有幾枚硬幣撒落在那裡
那錢幣上的圖案是陌生的
幣值我當然也一無所知
但五六枚大大小小的
很有點好看地散落在那裡
讓我一眼瞧見宛如見過兩次
我張望了一下四周，就去
撿了起來用餐巾紙包上

我是不該撿起那些的
那些閃爍的金錢，乾淨的
讓我覺得浪費了潔白的紙張

2017.9.

枯・天龍寺

我看到古代泛黃的庭院裡
有一位淡墨一樣打坐的古人
他面對的是石、松（松鼠）
和一方夏日形狀隨意的池塘

（池塘裡的魚大的有點不可思議）
和苔與風點綴、細線條的緩坡
他的身後是燦爛後的櫻花樹
和尚未火紅的叢叢楓葉，房子

是木質結構的室內的木牆上
是色彩斑斕的猛獸與飛龍繪畫
室內有一些稀薄的刀光和劍影
有過一些美麗身軀的嫋嫋香氣

室內還有一些赤腳慢慢行走的人
有一些姿勢，一些微小的鼻息
房門口飄著手工麻布暖簾
（他的眼神像冬天剛剛降臨

眼神裡沒有我和這一天中的一瞬）
暖簾是半透明的，他沒有轉身

但看見了我且像是在問「在
我的一生中你跑到哪兒去了？」

2017.9.

東亭集：嘴唇頌

曾經腦袋冰雹般地滾落
伴以三五個血淋淋光彩炫目的詞
但同樣的詞且是被刻上牌匾的笔画
卻使得一顆文弱肩頭上長羽毛的頭顱
被反復密封在一隻烏鴉的籠子裡

瘦得脫離人形的她和濃髮的丈夫
在死亡前奏曲裡被迫演繹黃昏的驚悚
那曝光的危重症病房自由自在的癌細胞轉移到
擴散到了一個繁衍無度民族的巨大的瞳孔
在沒有父親也沒有兒子們的時代與國度

不必哭泣，也不必點起蠟燭
就像戀人離開後的地鐵不再擁擠
一個人離去使得億萬螻蟻的居所如海洋般寬廣
不必憤懣也不必念叨那些被遮罩的言辭
因為，那黑暗中熄滅的嘴唇還會叮噹輕響

2017.7.

東亭集：年代

城市及馴服是一種什麼
眾人的鄉村是否等於什麼什麼
車上路多船頭水急，很多人
變性了但咚咚拍胸口說沒有變心

雪來了風又離去，很多的霧
在抄襲同一個霾很多小丫頭一眨眼
被置換為大姐或老姑，多年後，我卻依然
敬慕我祖母養育在寺廟裡的那盞油燈

2017.7.

東亭集：照片人

有一個本來就很帥的人
多年前照出一張很帥的照片
多年後他路過人民公園相親角
那是週末，他拿出那張照片
對其他的家長稱那是他的兒子

有個漂漂亮亮的女人因為漂亮
多年來就一直被人讚不絕口
有一天起床，她發覺，頭髮灰了
皺紋密佈牙齒鬆動肉已經下垂
她帶著自己年輕時的照片去了首爾

2017.7.

東亭集：獸藥

美人需要美文來形容
不過醜八怪也同樣需要
猶如謊言披上真理的外衣
不不，我口誤了，是真理披上了
謊言的蕾絲的情趣內衣，我們
未來的婦產科裡會頻頻誕生奇跡

有的生出嬰兒有的生出兒童
有的生出少年或長輩乃至祖宗
如果加大服用獸藥的劑量，還可以
生出四肢矯健有著長長的尾巴的
恐龍：身長50米，匍匐地偎依到
猶如活火山一樣噴發的女人懷中

2017.7.

東亭集：半個月亮

我從武昌坐動車到達天門南後
坐路邊巴士一個多小時才到天門

我到了老姑媽電話裡說的漁薪
「國際大酒店」附近，那其實

是一間街頭民房，三層小樓，門口
書寫了「郭記大酒店」幾個紅字

我在巴士上有人要在「機場」下車
在他下車時我才知道是到了養雞場

我看見了姑媽暗暗發現她已經沒了
以前每次見到我時眉眼間慈愛的欣喜

我知道，我明白，我意識到
那是因為哀傷壓倒了其他的情感

親愛的姑媽半個身體已經轉化為鬼了
就像半個月亮在老屋的遺址上升起

2017.7

濱湖集：開篇

果園裡綴滿了水滴，前輩
見面的地點都在花鼓戲台邊上
村頭梧桐樹上停著一隻叫鳳凰的怪鳥
路邊伴隨不息濤聲奔過的是群演
有一條上坡的小徑伸向昏暗的天空

每一個事故都被他們當成了故事
暴君死了留下繁衍的眾多暴徒子孫
有著萎靡眼神的是醜聞的目擊者
我喜歡把廣場上舞動的她們偷換成她
她有一個表情彷彿既不在遠處也不在遠方

2017.7.

地鐵上的姑娘

紅唇皓齒睫毛濃密的姑娘
戴眼鏡框的姑娘
腹部被壓在鋼管上的姑娘
在循禮門中轉月臺像石子一樣
被擠得液體彈簧似地嘎嘎作響的姑娘
以及在深V的胸口飛出幾隻文身蝴蝶的姑娘
都和我大半生認識的姑娘長得一模一樣
她們不約而同搭上4號轉2號到光穀的地鐵

有幾個好姑娘下了車，星辰隨之沉落
她們漫步到欲念與寒冷交織的地方，等待
激動的心電圖在地平線附近平息了下來
熄滅的篝火旁是溫暖安靜的駱駝
而更多的姑娘像東湖發梅雨一樣漫進了地鐵
記得那年我在潛江的酒桌上遇到了眼淚
汪汪的大頭鴨鴨，我滿手滿嘴小龍蝦地告訴他
那些從地下開來的地鐵會一車車地拉走所有的好姑娘

2017.7.

棋局

附近是第二中學和七一中學
附近是初戀和初吻頻發的地方

附近曾是日本憲兵司令部，紅磚房
附近的日餐「輕井沢」等如今頗受追捧

我們離開的時候叫了「滴滴」
「出發地」顯示是「武漢肛腸醫院」

我跟一個小母親留言：你兒子
長得活脫脫像你特別是在哭的時候

我母親是全身疼，父親是腿軟走不動路
我就像一棋子被他們下到不是附近的地方

2017.3.

扛玻璃的人

遠看他擺出一個「扛」的姿勢
在人流之中躲閃著走動
與徒手步行的人有許多的區別
他的嘴唇緊閉，目光嚴肅並張望
鼻息有點粗重額頭微微地發亮
與飛馳的摩托與交錯的小轎車保持距離
與路人虛擬了一個略遠的擦身而過的尺度
他的衣衫不怎麼齊整，步伐一板一眼的
就像掙脫了語法的一個新詞的安排
與周圍的街景和人格格不入卻又融為一體
公汽從他身旁掠過時他被看不見的震動晃了一下
救護車在附近的街道呼嘯，他的聽覺
還能敏銳地感知剛才穿過黃鸝路口
地下通道口時的盲人老夫妻吹出的蘆笙
還有那個垂目獨唱慢歌的紅衣女生撥弄的吉他
如有一種異類的氛圍那就是以他為中心向外蔓延的
他離東湖不遠從百度地圖上看是在往西向東北
如果他正走在吉林的通化、白山一帶
在長白縣遇到境外的核子試驗那他的看不見的重物
就會稀裡嘩啦地碎落一地手臂或臉頸說不定會出血
但現在他只是頓了一頓像跳機械舞似地更換了個動作
這個動作就像在夢裡編織一種早已失傳的編織品
就像是某人眼神的鬱鬱之春倏忽閃耀成了皚皚冬天

就像是在極權中的自由竟被偷偷換成了不自由
近處的人發現了他肩上的透明物體包括那既薄又堅硬的質地
而沒有一隻套在纖細的腳踝上的高跟從他身體上踩過
也沒有小高層湖景景觀樓向他少年般垂頭顧盼
以及沒有博物館大門裡的老槐樹濃重陰影的塗抹
但當某一刻明晃晃的陽光碎金似地灑在他無法定型的臉龐
那一切的「沒有」就突如其來地來到覆蓋他身體的透明之上
那一刻鴿子在嘀嚦漸起的風驟然化身為烏鴉張開翅膀
那一刻歌女發出嚎叫吉他裡打開了消聲器許多心臟不規則地加速
那一刻是扶著吹蘆笙的老爺爺的瞎奶奶在一個中年男人把鋼鏰
投向她的破搪瓷碗還沒有接觸到碗底的一瞬她手向上的一顫
那高跟小高層快遞哥老槐樹還有週末的學生馬路清潔工
都宛如變形的蒸汽氣流那樣一瞬間噴滿了他的全身

2017.3.

戲筆與雕像

是稱呼符拉迪沃斯托克
還是稱呼符拉迪沃斯托克成了酒桌上的
一個問題這個問題的答案將出現在
我以下的設問裡：太平洋邊的石頭
被盜賊打磨了一百多年成了
碧玉，石頭的主人，主人的後裔
是否就要心悅誠服於當年搶奪？

我知道審查者會質疑
「二流時代」這種說辭
我也知道這一種說辭會被
另一種審讀者獎賞，但有不有
所謂一流的時代呢這始終懸而未決
我們是否可以，在喝藕湯或綠豆湯時
不把在遠東的嘀嘀咕咕當成在遠方的說話

坐在視窗的某某是一個剪影
當他被全世界的鎂光燈對準時是一串
無法被漢語的江漢平原方言念準的發音
和一塊大小等於法德兩國面積的領土
以及一條同多瑙河一樣長的河流

祖輩就在那裡被圈殺或驅逐，那位前人物
在白鷗的雕像上飛翔並拉下含有劇毒的排泄物

2017.2.

浮石，請轉告老曾

老曾頭次出來的那年很久了
但卻像去年，他被他的女獄友
第一次撈出你們就一起跑到我老家來了

我們喝著我姐做的魚湯喝得醉醺醺的
大夥兒擠著睡，他女友的耳環不翼而飛
甜蜜旅程結束後老曾又被女友塞進了牢裡

老曾卻又出來了，這次他再沒有得罪某太子
在霧霾稍輕的南方穩穩地呆著如入定的老樹樁
還像文人似的用蘸水的毛筆掃除落葉

2017.1.

這回輪到我們了

某國規定不得讓
不滿12歲的孩子獨處
哪怕在自己家裡也不行
那個國家的八月難道會因此推遲

另一國某人規定年滿
12歲即可執行槍決那個國家
因此就會盛產小一二號的骷髏
各種花朵卻還會準時開放，像動物

某部門把街上走著的劃分為兩類人
一類把霧霾呼出去一類把霧霾吸進來
能見度再低群眾的眼光也是雪亮的
人們抖抖索索地不敢詢問「藍天藏到哪兒了」

2017.1.

婚紗照

穿婚紗的天使從電梯下來的時候
他心跳減速了，她的心跳好快

盛裝新郎和招展新娘到古城牆邊
看了看水，順便到水邊看了古城牆

照醜了不要緊，在來賓的瞳孔裡
有個暗房能夠後期製作出完美

省略花前月下愛情束之高閣
從此天亮的時候他們假扮夫妻

多年後，在霧靄做舊春光的護城河上
有婚紗包裹的婚紗照天鵝般飄著

纏繞的辣男人和甜小孩都跑開了
揭下的皺巴巴的面膜上殘留著淚痕

2017.1.

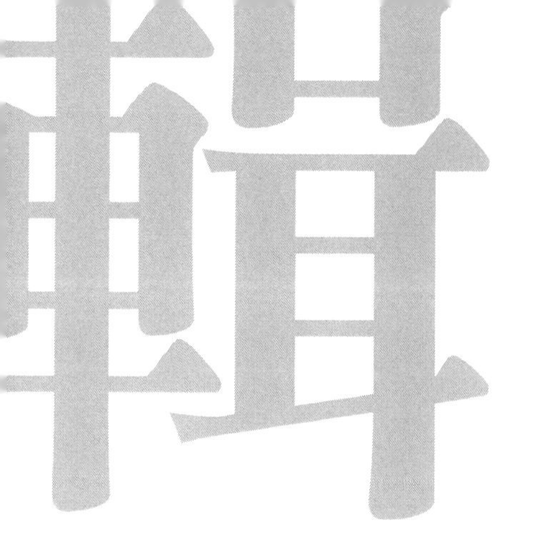

普希金雕像

時間頌：嘴巴

你把嘴巴嘟成圓形的時間
是我把法令紋收得深刻的時間
是你魔笑睡了我佛哭醒了的時間

你邁入世界大戰遊戲的時間
是我撿拾吊腳樓下的枯枝的時間
是烈士牙關緊咬詞語從身體裡淌出的時間

景色在摩挲人的眼睛的時間
是土狗咬住什麼什麼就是土狗的時間
是山谷中露珠跌落跌成更多露珠的時間

2016.9.

時間頌：書寫

你在書寫中戳中漢語的時間
是我在搜尋中網到中國的時間
是你綁架我生活的時間

你老是拿著件事抓住不放的時間
是我斷然拒絕認出某人的時間
是我替換了你人生的時間

你心跳了一下的時間
是我心梗了一片的時間
是你的惡夢裡出現美景的時間

2016.9.

時間頌：出發

我出發去加入一場大霧的時間
是另一場霧霾被陽光撞破劃開的時間
是我曾經等待女友的時間

古人在船上飲酒玩牌的時間，茲事
體大，是政治高壓與北方強鄰的輾軋的時間
等同於我們賺取加班費的時間

她的眉毛就在她的傲驕附近的時間
等同於她的微笑似乎懂得謙虛
謙虛使人美麗的時間

2016.9.

時間頌：朱朱

朱朱的爸爸打開琴盒的時間
是一朵朵菊花在二胡聲裡綻放的時間
是每一片落葉都貼在秋風上的時間

你在中山公園門口把手一揮的時間
就是他在信訪局外將打印紙一撒的時間
是正確的疫鼠遇到錯誤的貓咪的時間

鳥在坐牢蠶在做繭的時間
是魚在織網屋在拆除狗在撕咬的時間
是你揭示真理而我編扯理由的時間

2016.9.

時間頌：描圖

一位戀愛中的描圖員心境變化的時間
等同於她描繪的工程圖在圖紙庫
蛻變為失戀場景素描的時間

有人以專制的姿勢平躺在草坪一側的時間
是有人以民主的儀態斜倚在廣場上的時間
是無邊黑暗中閃出極小極小螢火蟲的時間

酒醒在東湖滄浪亭的時間
是彷彿灰兔子也參與了我們的時間
是放棄與否不是答案而是問題的時間

2016.9.

時間頌：做鬼

你在哪兒做鬼的時間
就是我在哪兒趕屍的時間
是烏雲哲學與月亮朗誦的時間

建始直立人的時間也是登臨黃鶴樓的時間
不是智力的高度而是體驗的深度的時間
而也是活成濕地植物的時間

你呵斥你79歲母親的時間
是我告誡我25歲女兒的時間
是兩種情感都完好無損的時間

2016.9.

時間頌：祭奠

冗長的皇帝祭奠的時間等同於
被冤屈的生命磨耗的時間
是一個小夢滅掉眾多的大夢的時間

你在那裡暴動革命的時間
是我在這裡請客吃飯的時間都等同於
上了釉的景德鎮瓷人的時間

好麵粉好饅頭的時間也是加把火
成為好包子的時間，所有的告別之後
是我們發覺剛剛離開了自己的時間

2016.9.

時間頌：真理

用真理來描述謊言的時間
是苦逼與傻逼狹路相逢的時間
是詞語化妝逃離穿制服的語法的時間

你把赤棉全部趕進熱帶雨林的時間
是我駕駛坦克突破老街八里河的時間
是深陷酸雨人堆裡一星眼神漸漸熄滅的時間

他一個趔趄她一陣躲閃的時間
是法庭外律師與法官交換座位的時間
是無數次烹飪終於端出名菜的時間

2016.9.

時間頌：妹妹

妹妹長成了姐姐的時間
是隱隱變形了但隱隱沒有變心的時間
是用美文墨寶來描述蛋白膠原凋零的時間

煙離口杯離手空杯即醉的時間
是你不跳舞是美術圈兒的損失的時間
是你被誇成了誇張的時間

你的眼睛睜開黎明的時間
是一個孕婦與一個將孕的女孩的時間
是風雪被你的驚聲尖叫嚇僵在半空的時間

2016.9.

時間頌：故事

你高興成她的時間
是他悲傷成了我的時間
是故事街上飄過些零星人影的時間

我在古戰場雙手伸向馬鼻子取暖的時間
是你在拍賣行汗津津舉牌的時間
是擔心前排胖子的呼吸急促的時間

早班飛機馱載張霖以及她背囊裡的黎明的時間
是陰影線穿過蒼蠅的時間
是張霖的媽媽更胖更漂亮也更睏的時間

2016.9.

時間頌：在哪

你在哪兒結黨營私的時間
是我在哪兒股東專政的時間
是我通過你涮掉了我的一生的時間

你在哪兒內心充盈的時間
是我在哪兒生活素簡的時間
就是你在哪兒苛捐雜稅的時間

你死於笑點畸低的國度的時間
是我在哪兒忍氣吞聲的時間
就是我活在霧霾擁堵住嚎啕的時間

2016.10.

時間頌：收容

收容所裡丐裝模特兒做出反抗造型的時間
是長街空曠如魔咒山谷的時間
是許多的搖滾歌手改唱民謠的時間

許多的怒火吞噬柴禾的時間
是許多災後重建感化災民的時間
是伸手不見五指的殘嬰伸手的時間

那些高貴的蟑螂狀的靈魂在中國銀行打門時間
是很多卑微的紅細胞在全球股市開戶的時間
是月亮終於被從爛泥裡挖出來了的時間

2016.9.

時間頌：你去

你去你來的時間
是雲在樓群來去的時間
是產婦齜牙發出吳儂軟語的時間

城管閱人無數的時間
是小販竊竊私語的時間
娃娃面無表情濃妝豔抹的時間

相親的人走失的時間
是相愛一輩子的人重逢的時間
是一點兒氣味和痕跡也沒有留下的時間

2016.10.

時間頌：沐足

你沐足的雙手乾燥裂口的時間
是我疲憊的雙腳細膩滑嫩的時間
是丁老師的臭鞋被鞋匠謝大嫂拒修的時間

你吹臥室空調的時間
是我聽大草原風聲的時間
是你在嘈雜的爆炸的地方踱步的時間

你憂得深愁得遠的時間
是我憂得愁愁得憂的時間
是我踏上一座狹窄寂靜小橋的時間

2016.10.

時間頌：左眼

你左眼皮跳個不停的時間
是一聲驚呼叫出我全名的人的時間
是他在婚禮裡奏出哀樂的時間

你們彼此稱呼為老師的時間
是你們彼此無奈成為同學的時間
你到醫院對性取向進行快速測試的時間

是事情正在起變化直到某人
某牲口與神同構的時間
是子民在睡夢中與鬼交媾的時間

2016.10.

時間頌：廟宇

你到哪家廟宇或教堂的時間
就是我在哪兒剃度受洗宣誓的時間
是你到哪兒煮餃子賣麵的時間

我在白天晚些時候撲向前方一股巨大引力的時間
是你在夜晚早些時候排隊懸停在蚱蜢觸鬚上的時間
就是我到哪兒買糕點剝蛋殼的時間

駐馬店數十座小水庫漫頂垮壩的時間
是幾萬個人變成幾千尾魚的時間
是我到診所把我的眼球染成了天藍顏色的時間

2016.10.

時間頌：發呆

你到哪兒發呆的時間
是我到哪兒發麻的時間
就是你在哪兒運作選舉的時間

你在哪兒發飆的時間
是我就在哪兒吸金或襲警的時間
是我在哪兒陽光計票的時間

你在哪兒撩妹打情的時間
是我就在哪兒戲漢罵俏的時間
是你把腦袋擱在冰涼瓦片上的時間

2016.10.

時間頌：電話

電話裡傳來寒冬臘月的時間
是街頭的夏日殘暑被一掃而光的時間
是你還沒有完婚就過完蜜月的時間

你一層層傳達會議精神的時間
是我競猜選票上的人名性別的時間
是我離婚後還飛往遠方補辦婚禮的時間

你塗抹我聲音的草圖的時間
是我分析你氣味的分子結構的時間
是你在博物館觀察出土的記憶的時間

2016.10.

時間頌：西望

你沉著冷靜西望望的時間
是我神情不安東瞅瞅的時間
是你醜成了塑料紅玫瑰的時間

你到哪個學校哪所學校就是你的母校的時間
就是我到哪國哪個國家就是我自擕祖國的時間
是我老成了瘦乾猴的時間

你的臉烏雲翻滾的時間
是我的心蛛網密佈的時間
是我在美術館欣賞擁擠的觀眾的時間

2016.10.

時間頌：遊山

你在哪兒遊山玩水的時間
就是我在哪兒歌舞昇平的時間
就是臉色陰沉的巨人勞作不休的時間

學生跑離草坪的時間
是大媽跳進廣場的時間
就是我在哪兒被語重心長的時間

早餐你一杯牛奶一片麵包一個吻的時間
是傍晚你母親的黑白眼看花了黃昏的時間
是逝去的軀體殘留著醉的味道的時間

2016.10.

時間頌：紅月

紅月亮墜落在趙家樓的時間
是黑太陽在香榭麗舍大街升起來的時間
是天使從扶梯上緩步飄下的時間

北大學生匡主張放火段堅決阻止的時間
是曹陸章在異域候命的時間
是教科書工具書還有權威著作等待排版印刷的時間

是被捕的學生伙食與警廳科員一樣的時間
是孫拿出500條槍而張不要的時間
是醉鬼的嘔吐物多於他吞咽進去的美味的時間

2016.10.

時間頌：印第安

印第安人在美洲大陸遊蕩的時間類似於
老何囑咐他伯父在江漢平原挖個深坑的時間
是莊稼像奴才一樣按照四季和主子安排的時間

百花齊放百鳥爭鳴百舸爭流的時間
是吳和翦在古荒坡上種毒草的時間
是所有的當日報紙一百八十度大轉彎的時間

你解答我我一個人的法律條款給我的時間
是我簽發我一個人的國籍給你的時間
是利用小說和利用情書的時間

2016.10.

時間頌：戀愛

談300次戀愛花100萬元的時間
約等於談一次戀愛耗費一生的時間
是堅定的玫瑰刺拒絕白色桔梗花的時間

東莞的殘疾兒童少於東莞的成年人的時間
是天上人間的美女多於整個京城的女性的時間
是在大刀闊斧的歌聲鼓舞下投身到紅酒杯中的時間

黑猩猩掰一根樹枝釣螞蟻的時間
是類人猿在獅子撲來時狂呼亂喊的時間
是我們小學勞動課吃掉播種用的花生的時間

2016.10.

時間頌：卡通

印有卡通人物的嬰兒襪在長安街奔跑的時間
是銅鑼鼓巷裡留下一串繡花鞋墊的時間
是傾塌的窯洞外破衣爛衫垂掛在1943年的時間

你潛行到各個湖畔各個洞中避暑納涼的時間
是我的大哥大姐姐在本國火熱農村留學的時間
是把無怨無悔嬌嗔為既怨又悔的時間

在五穀豐登的歲月逃離故鄉的時間
是在硝煙平淡的歲月遠洋歸來的時間
是天氣冷如1962年的時間

2016.10.

時間頌：陶瓷

漢摩拉比國王在巴比倫編纂法典的時間
是不列顛人在巨石陣中做禮拜的時間
是盧克索的陶瓷碎片裡提到夜晚星辰的時間

一國立法不許喜鵲脫離監護獨處的時間
是另一人批准可以槍決麻雀的時間
是一文件將「法制」筆誤為「法治」的時間

愛妃被皇后偷著殺掉隋文帝奔向山谷的時間
是被拐到山嶺黑屋的女生過上沒有影子的生活的時間
是判官蘇東坡釋放更多囚犯後暢遊太白山和黑水穀的時間

2016.11.

東亭集：東湖可竹軒

武漢最冷的一天
形成了東湖最冷的一天
最冷的一塊區域在可竹軒

可竹軒就像可竹軒的照片
就像一個女人與她的一連串照片
在歲月冷熱交替的光線中互搏

附近的絲雀6點半才歸巢
因為沒有按時吃飽，平日裡
它們是5點27分左右就飛回來的

2016.12.

楚河漢街

在我們再也不會去描摹的夜晚
有水和高樓的輪廓，萬家燈火形成了
柔和的黑暗以及臨時取消的風雪
就如戰場最後的廝殺聲寂滅後
那裡雙方僅存了一兵與一卒

城市是一次集成，也是一種眾人
在眾人之中的小偷兒般的自由
性別劃分人群年齡再次將人群細分
嬰兒哭哭啼啼，因為不能找回
直達母體的那條香甜的臍帶

餐風露宿的人與登高不粟的人
出入於大排檔，大鬍子麥咯士
沒有在本世紀的陰影下奮筆疾書
我想到你的時候他是在教科書上
為人類著想，想不到別的事情

入水不濡的人與入火不熱的人
一起水深火熱，青年希特勒賣掉
一幅破爛的風景對付當日的吃喝
鄉村許諾的是藍天加燃燒的麥秸
美味的農藥和化肥是高檔的農家飯

桃花源是一尊樓盤的名稱
雷同學路經伊甸園時疾病猛然發作
幸福是電視臺慣於調用的一個詞
煮你和我性命的是水火裡的東北亂燉
跳舞的人因音樂驟停僵化在半空

快樂如節日的景區那麼擁堵
殺死孤獨時一片片肉體受傷慘叫
一個手機與另一個手機見面了
是個什麼變態的情景呢，我來答辯
你想問但沒有啟齒的問題吧：不

2016.11.

雙城會

一座城市是一個人
好比說可以把它偷換成她
是王昭君或者是克麗奧佩脫拉七世
桃色政治悲喜劇的女演員
她在上游，把耳語放在漂流筒裡
順流而下或千里江陵一日還

另一座城市也是一個人
好比說把它偷換成他
是凱撒或是為婿的匈奴單于
征服者、性的探險家陷入構思
下游的他把傾訴包裹裝箱，扛上船隻
逆流地拖曳在毒辣的太陽底下

在不同的三峽與不一樣的霧靄裡
風來風去，樹線升升落落，從朝廷
飛抵的烏鴉猶如墨點潑灑在墨竹之上
他與她，有如兩座城市終於被彼此攻陷
他們以坍塌的姿勢向對方擁抱時，
發出一陣陣骨骼的劈裂聲

2016.11.

黃鶴宴請函

天氣好得很好
來了一陣腰花雨
和一場割嘴的麻辣風
小蔥大蒜豆腐平白無故
湯包融化，東湖的鯿魚以
顆粒的形態從排汙管網漏走
熱乾麵墮落成涼麵，雲朵
傻了吧唧地淡開散去成了濁霧

黃鶴是本地一道主菜
鍋碗銹蝕瓢盆腥臭無比
李白擺攤設點，當代崔顥
從黃鶴樓頭沿拋物線一頭栽下
潘金蓮在桂子山更名范冰冰同款
醬油酸了鹽是麻的老醋甜的黏黏糊糊
豆皮皮開肉綻，排骨藕湯以菱角湖沙湖的
淤泥攪和調味隨州編鐘敲得是氣息奄奄

搖曳狂吠的是刺玫
聲沙嗓啞那厭食的少女
計程車在大街上操滴滴車
路人用咳嗽聲搭理你的詢問
保鮮空姐憋著一肚子的方言俚語

機場的地勤和安保人員由保安湊數
你就是老頭兒如果我把你的圍巾當鬍子看
你沒來是因為你沒有穿著照片上的衣服

2016.11.

雲端座談

衣衫窸窣
音響來自人間
群峰的主席臺上
麥克風以手雷改裝
背景是全息投射佈景
是藍的那麼慌張張的湖水

佈景湖面上，淹死了一群鴨子
鴨子很美很美的嘴巴上口紅亂塗
台下的長耳動物一律繫上了
安全帶，速效救心丸隨時取用
那些代表頭頭腦腦的顆顆頭顱浮動
隨隨便便便便隨隨隨隨便便

隨便安放在唯一軀體上
茶歇時候猝不及防地舉行
婚禮，新娘從洞房進了又出
依舊是新娘紅床單纏裹，新郎
睪丸如核桃整夜攻讀部落首領的書
書裡面不是空白但沒有字

只是劃滿重點線條重點符號
有天下的最響歡呼與天下的最小嗚咽

還有乾嚎與膿液還有耳光與掌聲
掌聲宛如故宮旁勃拉姆斯的D大調
婚禮結束之際婚紗霧化了
發言結束之際臉發白後霧化了

毛絨絨的寂靜，寂靜的
猶如大地深處石棺裡的留言
而舌苔發灰發暗舌頭如落葉蜷縮
每一片秋葉都蜷縮成刺蝟
然後如鬼魂的腳步
踩踏在秋風上

2016.10.

代換

康寧發出一些照片
上面有一個人像是我
很好認的，沒有什麼疑問
照片上那人其實就是我

我穿著岑參的禪服
那麻灰袍子本來就是我的
我拿著一支毛筆，蘸了點墨
落在宣紙中岑參的字上

那字也是我寫的寫得杠杠的
我是岑參我就是岑參呵
我是《邊塞》雜誌的主編
我朗誦白雪歌以八個版本的方言

昨下午在荊州站是潔岷弟送我的
我是5點19分的他5點45分的車
我在秋天搭乘一班到嘉州冬天的動車
趕回去取我那厚厚的手套來與你們握手

2016.10.24.

岑參獎頒獎會

1

我不知是在步行還是在原地未動
當桂花樹的桂花香氣如雲向我一陣陣飄來

桂花樹裡是麻雀在嘰嘰喳喳那不過是整個
秋收農莊的麻雀都躲在那棵小小的桂花樹裡

2

我們在頒獎時岑參他們也在頒獎或者
在不遠處諦聽，又以嗅覺舔吸現場那一樹桂花

我們在室內開會的時候杜甫他們在野外開會
還有幾朵像柳紅霞那樣在一旁可愛地繚繞著的

3

會議的中途相貌各異的五位老者推門進來了
他們就像是水塘邊岑參的雕像那樣緩步走近我們

他們是唐朝的長相並且他們年輕著呢，他們
看我們以為我們很年輕其實我們真的很年輕很年輕

2016.10.

荊州博物館

節日的天空藍得天真
荊州博物館的人聲鼎沸
遠道來的看屍者卻是獨自一人

西漢年間的古男屍隔壁
是大清王朝的女屍，男人們看著
光身子姑娘時不再饑渴難耐

因急性穿孔性腹膜炎而亡的男子
剛被挖出時渾身碳黑，如今乾癟粉紅
兩千多年前的內臟擺在一旁

耳杯、漆方平盤、陶罐和陶甕
那竹牘上的清茶曾被泡成一杯杯日子
出館後的男屍想到他自己生活附近待會兒

2016.10.

臥佛山莊論壇

楔子

離開平原時夏季所剩無幾

剩餘的時間必須連夜轉移
心跳疊加動車的車速越來越快

向北，一匹鐵馬化成一片弧形

上山

地鐵坐反了有什麼意義？

去北邊的北宮門卻到了
南邊的地鐵終點站天宮院

是為了邂逅拿樂器的乞討者？
於是他將錯就錯反敗為勝
麻利地掏出一小把零錢

取景器

山下的喧鬧傳不過來

一群人圍著桌子坐下
凳子椅子的腳密密麻麻

一隻千足的大蟲子
在樹蔭的挪動下爬行

舌尖

他們十幾二十幾個人被放在
小巧院子裡，瞬間的沉默
像一則軟廣告植入了硬廣告

像擊鼓傳花一樣地在他們
被唾液浸泡的的舌尖傳遞

現當代

大家上午在當代，有一段
克魯泡特金和雨中的情況

下午駛入40年代，有一段
是《魚目集》，而那橫眉的人
花掉了這個夏日的幾個小時

5號院

仰頭從5號院的疏風間
可以清晰地觀察到夏天

遠眺顯隱墨水似的群山
遠眺群山就彷彿剛剛
經歷了一場盛大的寧靜

橫店

他們是學者，但他們
更有些樂於演繹學者

送午餐盒飯的小伙子來了
飯盒擱在地上，群演們狼吞
虎咽的彷彿置身於橫店

睡得遲的人

醒得早的人是睡得遲的人

彧煌、培浩和我去散步
兩條狗牽著一條狗遛彎

群山在起伏小徑在腳下浮動

遇見冷霜握著彎柄雨傘迎面而來
匆匆的好像要去解密的樣子

黑松鼠

午後，段美喬停在小路的彎曲處
等待小動物，大大小小的綠柿子

在她臉部和身上投射晃動的弧影

隔日，我們看到一隻無辜遲到的
小黑松鼠，多麼渴望在那一瞬間
我們中間有個人能夠改名為段美喬

黑松鼠很黑。透亮的空氣裡
被打出了一個松鼠形狀的黑洞

醒得早的人

睡得遲的人是醒得早的人

我們散步的時候恰巧遇見冷霜
他挾持一把長雨傘彷彿正趕往安源

而那些博士後一樣的女人還在
凌亂地惺忪地和細緻地
在早晨的鏡子裡與自己對焦

顧盼

顏阿鑾在顧盼著屎殼郎
可惜那是個死了的屎殼郎

因而她無法與他父親
如在杭州，玩捕捉小動物
玩一會兒再釋放的遊戲

貓女

黑衣女子踮起腳尖離開了會場
走向那斷斷續續的貓的喵喵聲

一隻白貓悄然地躡足過來，躍起
蹲在了她剛剛坐過的籐椅上

先知

西北，她還沒有殺死自己的四個子女
他還沒有在阿姑山村的小樹林裡服毒
但那舉起斧柄的他者之力已經發力

當然也還沒有洗地的文字見諸報端
但冷血冰渣已經在人渣血管裡流動

阿素

顏阿素小姑娘答應回去後畫一幅畫
畫裡將會是一個又會是一個活的怪物

她看到黑松鼠後答應回去畫一隻松鼠
是藍色的，但後來她爸爸發來的松鼠

是黑色的，一只是正面的一只是側面
還有一只是金魚她說是「奇怪的松鼠」

乾杯

乾杯的時候我們融化成彼此
酒後，一條條的嗓子激昂嘶啞
大自然本身在代替群山發聲

在返回的路上山谷空曠如劇場

醉

那人在上山時講了許多許多的話
許許多多的話發出醉醉醉的聲音

那個人始終一言不發不發一言
那是醉得沒有再多耗費一個詞語

他們的共同之處是一個小時後
迎來一吐為快的嘔吐時刻：「感情
已從過度的激揚中澄澈了下來」

絕望的幸福興奮的悲傷，但是他
設法避開了在睡夢中畫爸爸的女兒

白晝

遠山是未來主義風格的建築
夏日的白晝是一個個冬夜

男人的呼吸是一個女人的
飽嗝和眼皮裡瞳仁的轉動

持續的會議即是舌頭在打群架
「戰時流動性，沒有帶來主體……」

手勢

遠郊的藍天藍在小院子裡

那些大人的手勢，就像抽煙
抽得很兇猛很兇猛的鬼，樹蔭
就像脫落的黑豆莢一樣傾瀉下來

阿巒，你我都像小孩子一樣
沒有完完整整的表情來聽故事

帶路黨

在小路的岔路口我們看到路牌
我們走向梁啟超，而沒有走向
孫傳芳或在黃葉村的曹雪芹

路過抗日戰士墓碑時聽到「快看」
我們看到落葉松枝條上的松鼠
是個黑身子大黃尾巴的小傢伙

我們在沒有路的雜草裡跌跌撞撞
一低頭就看見「先考任公府君……」

段王爺

段爺的嘴巴闊大手勢兇猛
但在現場的一個瞬間仰頭睡了
他不是睡了，是被夢擊中了

段爺的夢毗鄰潔姨的夢，周圍
是一陣陣嗡嗡嗡的發言聲

他是以自己的夢探訪別人的夢
睜開眼睛才能看到一片空白

速寫

從學的臉和四肢在話語聲中睡著了
需要一位元配音員配出他的鼾聲

潔宇的嘴唇和睫毛也睡著了
但稍缺蟬的叫聲和蛙鳴，光影
將他們勾勒成古老的木質的事物

輕輕的風下，當眾睡眠的人就像
一根根速寫線條悄悄落在紙上

丁香

月光，搖動構樹樹葉和葉柄
丁香是個名字好聽的女孩

群山的投影覆蓋院中的屋頂下
人們靜悄悄的睡眠，呼吸裡
有一絲丁香以及醉的味道

小結

沒有說漏嘴，沒有滿嘴跑火車
沒有吹破一千一萬張牛皮

他們離去，留下稀薄的氣息
「……古代才子佳人小說
在喜結良緣之處戛然而止」

消失

有的被獅子附體，有的被螞蟻附體
有些被張愛玲、蘭色姆或穆旦附體
還有些被教授博導以及象牙塔附體
劉奎姜濤桃洲國華李哲姚丹和周瓚
孫偉夏瑩光昕是被他們的本人附體

「利用老鷹打飛機」「歷史內涵」
「……重出夔門變成了走向現代」

他們坐著各種顏色的甲殼蟲消失
但都是在香山巔黑松鼠的眼睛裡

懷念

每當夏季到來，前後的院子裡
還會走動些黑黑白白的身影

還會有些被風吹涼的歡聲笑語
飄落在他們打開的書頁上，一小陣
氣流猶如黑暗中盲畫者的筆觸

2016.9.

鳳凰故居

一前一後，我和他
在這個三層洋房的院子裡散步
（當然這前後相隔了多年）
就像一隻麻雀與一隻烏鴉

他想「說真話」強調「說真話」
這對於人是最低的標準，但對於
時代的文學卻成了最高的道德律令
現實中的螞蟻成了書本中的獅子

他著作等身，但所有的書中
都沒有能保有那最為真實的一篇
我在擔心我想寫的還沒有來得及寫出
就因驚嚇而被自己刪除了

你從深宅大院叛逃出來卻深藏
位於武康路的如今市值飛升的豪樓
你的書就薄了那麼一點甚至僅僅是一兩頁
而這兩頁安插在背上恰恰是鳳凰的翅膀

2016.8.

普希金雕像

她主演電影《一江春水向東流》
她出演過《烏鴉與麻雀》，演過的
《枯木逢春》瞬間被判定為一株毒草
紅得發黑的年代，天空黑得就像是
被層層疊疊的烏鴉聲填滿

白俄流亡者樹立的普希金半身像
在三角地街心花園，母女
深秋時在此道別但她們不知道
這次道別非同尋常轉身即陰陽相隔
記憶與回憶裡彌漫著1968年的夾竹桃

像一塊亮斑，那強光裡拖曳而過的麻雀
是珠光寶氣的漢奸夫人、兇狠腐化的女人
賢淑的主婦、教授夫人或婦科醫生
當紅花旦及抗日的女遊擊隊員，但它的影子
是棲落在普希金肩頭的一隻烏鴉

人們在街上燒書女兒已經加入了組織
老師們慘叫，有141個戰鬥隊衝出校門
江陰韋家人上官雲珠，在門被洞穿成蜂窩的家裡
帶著不住發抖的身體和被鞋底抽腫的破臉
從四樓，撥開木窗的鐵鉤，把自己準確地墜落

墜落到一個凌晨菜農的小棠菜菜筐裡
而那血和腦漿污染了的跟小白菜很像的蔬菜
被橡皮水管沖洗整理後即在黎明時分出售
假如生活欺騙了你，不要悲傷不要哀愁，假如
生活欺騙了你呵請吃一口媽媽做的小棠菜

2016.8.

端午岑參故里

沒人像我那麼願做個古代的人了

在被霧霾做舊的楚國故地
從一串將被強拆的傳說裡跑出來

劃龍舟的人劃出了千年的槳聲
但藍天，去了藍天和白雲的那兒
那麼過去還會發生些什麼呢？

在岑河，睡蓮展開的所在，醒來的
是悲傷還是被懷念嗆死的魚肚白？
他跛著，捎帶著漫漫風塵的表情
從邊塞趕到秋收農莊前石化

2016.6　贈森子

東亭集：悲劇

手持一張恐慌的車票
登上一列滿載沉默的動車

我坐在一個個失蹤者的位置上
連最輕的一聲輕嘆也失蹤了

沒有悲傷，沒有悲傷
我只是怕他們和我一樣——

懦弱成一個不怕的人
沒有悲傷，只有恥辱的悲傷！

2016.6.

棺材匠

一棵樹要經歷多少次彎曲
一棵樹的苗條才粗壯到這裡
金絲楠、香杉、河柳、椴木和桑木
經他之手成為死亡的房子
他愛上了它的深奧和它的幽靜

此刻，他看不見的夕陽
將他體內最後的熱力緩緩收走
壽釘等待擊打褪光漆從血管噴出
附近是花圈和親人們的白宴
他飄浮的身子像一棵樹
被一陣大風拽走

2016.6.

東亭集：在昌平的孤獨

足療床邊有一位古典的美人
全副武裝地裸露在那兒

粉紅粉紅的既是語言又是
光線：水中的餌料一樣迷人
在一陣陣快樂的抽搐的透明裡

鳥雀兒在手掌中翻飛，陰毛蜷曲
白衣壞人駕駛飛機失事並且
白內障的探頭營造了一片朦朧
假的警員掏出了真的證件

一個人僅僅因為緊張而癱軟
額頭是不變形不變色的額頭
睪丸也沒有異常腫大
蘋果在草地上與青草纏綿
自動發出了香甜的信號

光著全身的小父親披掛著一件
謊言證言與流言編織的黑衣
電視展示的是規制的性欲
素描沒有塗改逼真至極

屍檢顯示人並沒有死
他只是傾向於靜默

2016.6.

東亭集：過松滋河

霧霾裹挾的天空下的河流
古代賒月色的地方
河床泥沙上的泥沙升起

白雲邊，立著一隻綿柔的酒杯
三十年的容顏流淌在松果中
紅牆青瓦、青石板猶似江南小令

占卦的盲者不語號子聲裂帛
而長亭和水鳥之間，熟稔的姓氏
飛起，又墨點般落下

2016.4.

東亭集：我前半生的最後一天

記得那是我前半生的最後一天
有個微不足道的線索把我帶到某個地點
那是一條支流的岸邊，牟家港渡口

我驚覺渡口這些年是在往河中間挪移
數百公里外的大壩猶如繩索漸漸在勒緊
我的手插入高高的沙堆，撫摸著

初戀的印痕：指紋、毛髮以及笑靨
有一隻黑貓在河邊破棚子上扭頭向我
有一條叫「文革」的土狗叼著祖輩的骸骨

房舍和天空越來越不具備識別度
那些得意或喜悅的人全都沾染到了
悲傷，那些悲傷你也有份

2016.3.

東亭集：人或鳥人

有些人早已鳥化了
那些口銜鳥籠的鳥人飛得更高，那些人
同時也被狗化那是些比豺狼更諂媚的惡狗

那一群群人用忌恨灌養了一個人那個人
是人形的有舌根的生物一直在燈火通明裡坐牢

2016.2.

域外集：鳥或鋼鐵巨鳥

有一天
一隻早起的鳥向我吹了吹口哨
我在樹下呢呢喃喃
然後就進入了一隻鋼鐵的巨鳥裡面
內部充滿了鳥語讓我繫緊安全帶

我降落在了時裝、香水和葡萄酒的國度
我入住的地點是巴士底離先賢祠不遠
那些寫入世界各地教科書中的名字就安居在那兒
伏爾泰盧梭雨果左拉大仲馬和居禮夫人
他們的骨骸沒有被挖掘出來亂拋

正殿的大廳裡有一個鐘擺在證明地球的自轉
在正殿我巧遇了路易十六之妻瑪麗・安托內特
穹頂壁畫上描繪的是聖女貞德和拿破崙
那位貞德與瑪麗的複合體我隔日
在香榭麗舍大街上邂逅了，那是一位

美麗的驚人的中東面孔的女人坐在街邊
她的衣服整潔乾淨用於乞討的是一隻小小的紙杯

我發覺巴黎用於請求捐助與乞討的除了打開的提琴盒
就是那種可愛的小杯子沒有違和浪漫的風情
以至於後來我常常誤認為被巨鳥運回來的只是我的影子

2016.2.

東亭集：老柚子樹之憶

老柚子樹顫顫巍巍結過七個柚子
六個黃而飽滿和一個青一點的

記得那是秋天，有雲彩的下午
柚子樹下有七個人圍坐著嘰嘰喳喳

冬天到了，年關將近的時候，七隻
到八隻土斑鳩被吸引到光禿禿的枝頭

雖然有一支時間牌的槍口會暗暗瞄準
雖然有一道算術題會出給可愛的孩子們

我還是把老柚子樹比作故鄉，鳥比作人
那些羽毛蓬鬆的斑鳩鳴唱著人的方言

2016.1.

東亭集：囁嚅

我們不需要展開萬花筒中的自己
那些兇險的課堂，那群強詞奪理的孬孩子
我們的孩子們也不需要白頭偕老父母
身後隱藏的撒嬌的後媽們，她們的一生
都將處在臉頰發燙情緒低落的更年期

我們需要雪皚皚冬天暖烘烘的樂器
需要可諦聽的身體和可以觸摸的
香氣和甜蜜，以及一些失去了字義的
書寫在細絹上胖乎乎的書法

我們需要獨居中的同居甚於不需要
擁有助聽器和呼吸機，在蒼松和翠柏間
我們需要回到不全是鏡子的房間裡

2016.1.

東亭集：讀舊日記有感

當洗衣機開始運轉的時候
我剛剛意識到，「愛」這個字有
無情無盡的寫法但說法只有一種那是
在另一個時間和地點我們談同一件事物

題為「生活」的是兩次曝光的照片
街坊是演員分別扮演不同的角色
夜晚睡去早上醒來，她提起
他在她睡著時對她談過的點點滴滴

2016.1.

東亭集：大媽贊

廣場在搜集女人
一連串的形象來自四面八方
其中一些是被漂亮話
飼養的美人，另有一些
已經老成了猴子

身邊曾經有一位過週末的男人
現在周圍是一圈兒過週末的人們
遠遠看去是一些相似的蟲子
在有節拍地跳動

月亮，像補水面膜一樣
在他們臉上敷出好奇不解的神色來

2016.1.

東亭集：天津濱海新區，8月12日23:30

消防車在血肉裡攪拌
被烘埋的人太多了
使得港口的地面不易覺察地蠕動
古老的魚在貨場上默默地遊弋
海邊，盡是飛回來的烏雲

默默遊弋在廢墟上的是年輕的魚
魚啊魚，如果你們發現了未來
他們就會來到我們霧霾深重的廚房
會摸摸索索打開開關，電擊
使自己恢復心跳

2016.1.　贈邱景華

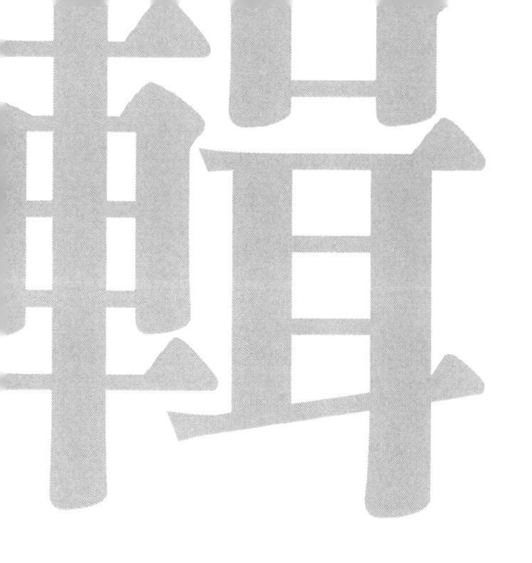

歲暮抒懷
或柚子樹

六

歲暮抒懷或柚子樹

打開舊報紙的時候
上面登載著自己的遺像

有位大媽在大街上突然意識到
出門忘記了攜帶自己的美麗

一本書有與其厚度不相稱的重量
書頁咯吱吱如鐵門一樣開啟

現實都是烏托邦小說改編的或是續篇
一棵柚子樹已承載不了枝頭的柚子

每一個站立的地方都是痛點，寂靜
是一種深深打入內臟般的寂靜

2015.12.

街頭隱喻

一個下崗的工人階級
一個遠離農田的貧下中農
一個穿照片裡的衣服去簽約的應聘生
和一名只是被自己妻子誘惑的同志
走過了同一條灰撲撲徐東大街

一滴被網路封鎖城區定位的墨漬
一條在混凝土裡蠕動的蚯蚓
一群在動物園居住的居民和一個個
被當場宣佈「雙規」的直立動物
從京漢大道上空的輕軌一號線呼嘯而過

一個池塘的半徑之小與一個湖泊周長之短
在青山，半夜排煙的煉焦廠是在向祖國排煙
愛故鄉的主題徵文是不是界定在全球範圍的呢
漢口火車站母子倆瞌睡了已經入夢多年
一車盲人夢見了一船的失聰的人

2015.12.

夜訪皇甲古剎，與和平兄同題

兩漢或者隋唐
皇家鎧甲上的血滴
昔日戰場與刷新的廟宇
半掩的門扉，被祖輩
遺忘後又被我們記起的
今夜的月光，是野徑裡的
一束照徹古銀杏的手電筒？

殿堂緊鎖，無人出入
腳步聲音混同了落葉的聲音
嘶啞的吶喊與腥風停止於
佛像前青煙淡去的香爐
清掃戰場的人成了守廟的人
世界已沉睡，唯一醒著的
是那笑盈盈的石頭獅子

2015.12.

收音機

做過視網膜手術的母親睡了
發出細微的鼾聲，枕頭邊
她的凱德牌收音機還響著正在播放

「熊膽明目丸」廣告廣告軟軟的
我走過她房間時，她伸出手
突然地關掉了鼾聲和收音機的開關

冬至了，現在是冬至的第一天
過一會兒就是冬至的第二天

2015.11.

王找和佘小謎

年前我們在「格林灣」等位
我們一男二女一共是三個
我看到了服務員佘小謎
我在樓梯口勾頭讀她胸牌
她正告我說「不是余，是佘」

也是那天有個老同學托我
給他的親戚小嬰兒取個名字
我推脫了一番沒有推脫掉
便琢磨後把「王找」「王壹男」
通過QQ發給我那同學卻不料
被否了，說是要有草字頭

我把這兩個名字通過微信
送給老家寫小說的美女鄒君君
她欣然笑納，我也如釋重負
我不想我費了腦筋的名字
附著不了一個能呼吸的實體

我知道來年或若干年後的中秋
當我蹣跚在中北路東亭地鐵口
把觀察月亮的眼睛轉了過來
會看到王找（其實是壹男）

背著畫板，向我兜售一幅習作
我認出畫中戴草帽的佘小謎

2015.3.

回家過年

我母親說的話正是我要說的
她嘀咕「每天啥都沒有幹就過去了」
我說「那說明你過得舒坦吧」
爹媽的大家是我的小家的母體
我乘動車轉長途到達的這個終端

每次，都讓我從小到大再到了老
然後迅速地變笨和變蠢一點
脂肪堆積，體重不可遏制地增加
雪天我姐電話交代我到外買菜
並讓我不許母親再出去怕她摔著了

我買了花菜萵筍葉菜薹和地瓜
母親溜到超市買花生瓜子開心果
她買的東西與我的並不重複
我父親一直斜躺在沙發上看電視
他看三四個台中央一台是首選

我佩服我爹只吃正餐不吃別的零食
我50歲父母80歲我懷疑數據有誤
晚上入睡極快極快我也是啥都沒有幹

模模糊糊覺得一生又失去了一天
字被啪地一聲夾入被窩字典

2015.2.

明光村

我們坐車到達但感覺是
我們乘彩色熱氣球降落的
李森的父母弟妹作為樹站在那裡
李森的母親樹，樹冠上紮著花毛巾
李森的父親樹樹上飄動輕煙
握手是小葉片親熱地觸碰一些老葉片
鄉親們圍上來用憨笑代替寒暄
村口蹲著些曬太陽的樹蔸

抬頭或不抬頭
都目擊藍天和白雲
都看到地理雜誌的封面
枯褐色玉米稈與葉後的藍天
藍得像小時候黑板上那個「藍」
藍得像隔著玻璃而玻璃被明光村的
鄉親們擦得一塵不染，藍天下
心情被陽光照得晃來晃去的

白雲朵產自騰沖本地
或者來自緬甸抑或越南
水牛的眼眸順著彎角彎了過來
我們來到樹巢般的很多實木的院子
（有的木頭上還有彈片和槍眼）

我們坐下來就都成了饕餮的動物
吃喝了些什麼呢？我甚至聽到
周圍是一片老母豬們拱食的哼哼聲

2015.1.

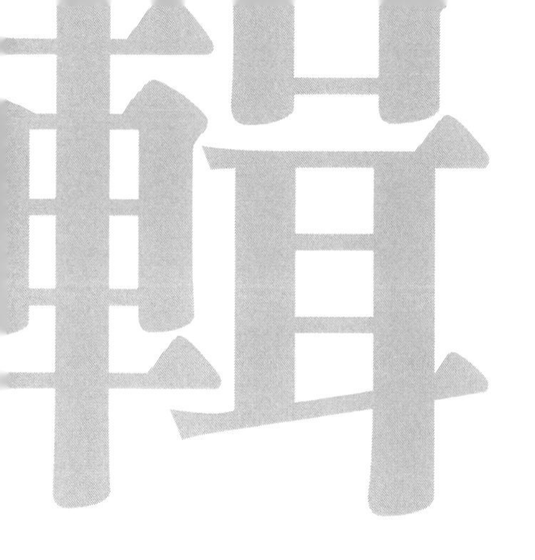

百花出沒
野獸盛開

七

詠淇河

從高鐵走下來的人是緩慢的人
我們來到淇河「在河之洲」的河邊
感到《風》中的桃花開在方言裡
我和趙佳、田桑及高柳不是一起來的
而是在此偶遇，田桑和高柳
不是名字而是成為了兩種寓意
很多面目模糊的人在此釣魚
魚來自春秋，水波上看不見的
細雨繡出只只鴛鴦與雎鳩
還有木桃瓊瑤，蒹葭與白露
天漸漸黑了睡蓮也開了
月下沒人，那位古典美人
在那只碩鼠的眼裡消失
《詩經》是一瞬間

2014.7.

為洛夫先生題寫「雪落無聲」而作

當拿起望遠鏡遠望時
思念在手中顫抖

雪像道具一樣聚集在雲端
明淨的天空在海峽間開始發暗

水墨故鄉彷彿一幅舊畫
擱放在囟門一樣柔軟的地方

聽覺裡積攢的童謠
隨身攜帶的一筆小財產

如果夢可以蓋一座大樓
做夢的人就必須在頂端跳下

華髮如蟬翼，薄薄地覆蓋
黑色光線貓爪一樣摁在宣紙上

2014.11.

詩眼

她的男同事指著電腦中
她的前同事的照片讓她看
她眼花，透過隱形鏡片
看不清電腦中的那人
所以只好硬著頭皮
笑一笑說不認識那個人
她把這情況告訴我並擔心
發生一連串這樣的事
我這樣安慰她：「沒關係
有我一直呆在你的眼神裡：
近視、散光以及老花」
其實我想對她說你雖然
沒老但美女症卻痊癒了

2014.10.

一路走來

看有一些房子已經變動了形狀
和窗前樹的位置

纏白花格子頭巾的女人
多年後，是一縷魚的腥氣

有一位木匠師傅為我當年的桌子
打了一個三角形的補丁

那是簡單的修補，需要的
只是秒和時間

我們回來了沒有經過
打嗝、失眠，就睡著了

沒有透過黑乎乎的玻璃
尋找在瞳仁中消失的光亮

而我們怎麼解釋我們的
心情，我們的難過

2014.2.

藍頂藝術節論壇：戰地黃花

蝸蟻問，你的鏡子好嗎？

——題記

秋天的消息漸漸傳來
讚揚聲日漸稀少
鏡子裡的人與鏡頭裡的人
有了很大或比較大的區別
蛋清色的皮膚已經褪去
又黏附到其他女孩那兒去了
牙齒鬆動，色素沉積
到人大作協和婦聯去上班
男人堆裡不再冒出皇帝
翻開詞典中「後悔」這個詞
梅花香變成了菊花的酸氣

硝煙散去的臉部屍橫遍野
身體的河山草木凋零
美人將積攢的錢幣
一把把投向美容的地方
直到一個個店鋪捲款逃逸
我們開會的一桌為衰老
探討、理論甚至爭議起來

老出風韻還是老的醜陋
一行、周瓚與海英各自
都有著獨特的說法我提及
我見到的未老先衰，沒解釋

2014.10.　贈段從學

少了一個人

國家少了一個人
婚禮上少了一個細節
郊區會議的間隙沒有了一個
可以那麼和我們輕鬆寒暄的男子
夜晚的白楊樹青銅般聳立

鳥巢中的烏鴉陰影一樣飄移到遠方
又垂直墜落像拳頭砸進土地

我知道，我知道
還會有關於你的記憶在我的頭顱裡
來見證我們一天天虛度和衰老
去關心是人的回答錯了還是神的提問錯了
會蹀躞在塵土的鎮外小路——
忽然找到我們共同的篇章的最後一行……

我知道，你的血會被收回
回到你活蹦亂跳的肉體
包括漫漶到混凝土縫隙裡的
點點滴滴，身體會從破裂中站立
躍升到16樓完好無損
我會在暮色中的樓下仰頭喊你的名字

只是，我翻開你的書頁那兒還有一些活的光線
有一隻聞過你汗味的狗失蹤了它奔向沉默的路途

2014.11.11.　悼陳超

緬甸的羞澀

在和順鄉
有兩種桃子
有好吃的豌豆餅
有裝老書的老建築
合影的人，一個漢族
一個是洪武年間的佤族
來訪的老中醫開出一段樂譜

木頭的房檐
和火山石圍牆
高大蓬鬆的大葉榕
想念著老人葵和海棗樹
夜裡悄悄，邁入池塘
天亮時分又回到原來的位置
裝作是剛剛發現新的一天

如果他們都去艾思奇紀念館
老中醫就會像老軍醫那麼開心
跑到緩坡上的玉石店裡碰碰運氣
賣緬甸玉的女孩是緬甸人一共四個
最羞澀的，是那個膚色最黑的

那由靦腆忽然轉換成的羞澀就像
眾目睽睽地在簽名冊上簽下：幸福！

2014.12. 贈邱健

百花出沒野獸盛開

默默說有個會
於是一個姓林的人飛來了
於是一個在思茅做茶的人飛來了
還有個以水果和嫩草為食的人飛來了
於是一個叫森的人將頭從炮彈殼
做的煙斗裡抬起頭看見——

黑白世界
水墨與版畫的合唱隊
變焦鏡頭置換人的所有瞳孔
有睫毛的快門眨巴眨巴著
無人地帶的心跳
一籃子象徵

撒嬌的紅嘴鷗
像一條又一條白裙子
被安靜地疊放在翠湖的枝杈上
群星從滾燙的天空下來
在附近清涼走動，麥克風
麥克風發出蟋蟀的笑聲

2014.12.

前往布拉格

高速公路邊的指示牌由藍
變綠的時刻我們已經
從德國進入了捷克，在捷克
我見到一隻捷克的蝴蝶
那些白雲PS在那片藍天上
我們的車裡飛舞著一隻蜜蜂
我們看到草坪上沒有人
只有家鵝香甜微辣長出鬍子
山間沒有農舍田野是空著的
那跡象是對農民過敏嗎
那舊水塔和教堂尖頂的集鎮
有種狂歡節結束後的安靜
森林的邊緣我看到
倒地的大樹無人問津
我看到一隻小鹿我驚喜地
給它取了個名字叫小鹿

2014.10. 贈駱傳好

語言文學類　PG2443　秀詩人75

互望

作　　者／劉潔岷
責任編輯／石書豪
圖文排版／蔡忠翰
封面設計／鍾　穎
封面完稿／劉肇昇

發 行 人／宋政坤
法律顧問／毛國樑　律師
出版發行／秀威資訊科技股份有限公司
114台北市內湖區瑞光路76巷65號1樓
電話：+886-2-2796-3638　傳真：+886-2-2796-1377
http://www.showwe.com.tw
劃撥帳號／19563868　戶名：秀威資訊科技股份有限公司
讀者服務信箱：service@showwe.com.tw
展售門市／國家書店（松江門市）
104台北市中山區松江路209號1樓
電話：+886-2-2518-0207　傳真：+886-2-2518-0778
網路訂購／秀威網路書店：https://store.showwe.tw
國家網路書店：https://www.govbooks.com.tw

2020年9月　BOD一版
定價：320元

國家圖書館出版品預行編目

互望 / 劉潔岷著. -- 一版. -- 臺北市 : 秀威資
訊科技, 2020.09
面； 公分. -- (語言文學類 ; PG2443) (秀
詩人 ; 75)
BOD版
ISBN 978-986-326-845-1(平裝)

851.487 109012380

讀者回函卡

感謝您購買本書，為提升服務品質，請填妥以下資料，將讀者回函卡直接寄回或傳真本公司，收到您的寶貴意見後，我們會收藏記錄及檢討，謝謝！

如您需要了解本公司最新出版書目、購書優惠或企劃活動，歡迎您上網查詢或下載相關資料：http:// www.showwe.com.tw

您購買的書名：＿＿＿＿＿＿＿＿＿＿＿＿＿＿＿＿＿＿＿＿

出生日期：＿＿＿＿＿年＿＿＿＿＿月＿＿＿＿＿日

學歷：□高中（含）以下　□大專　□研究所（含）以上

職業：□製造業　□金融業　□資訊業　□軍警　□傳播業　□自由業

□服務業　□公務員　□教職　□學生　□家管　□其它＿＿＿

購書地點：□網路書店　□實體書店　□書展　□郵購　□贈閱　□其他

您從何得知本書的消息？

□網路書店　□實體書店　□網路搜尋　□電子報　□書訊　□雜誌

□傳播媒體　□親友推薦　□網站推薦　□部落格　□其他＿＿＿＿＿

您對本書的評價：（請填代號　1.非常滿意　2.滿意　3.尚可　4.再改進）

封面設計＿＿　版面編排＿＿　內容＿＿　文／譯筆＿＿　價格＿＿

讀完書後您覺得：

□很有收穫　□有收穫　□收穫不多　□沒收穫

對我們的建議：＿＿＿＿＿＿＿＿＿＿＿＿＿＿＿＿＿＿＿＿

＿＿＿＿＿＿＿＿＿＿＿＿＿＿＿＿＿＿＿＿＿＿＿＿＿＿

＿＿＿＿＿＿＿＿＿＿＿＿＿＿＿＿＿＿＿＿＿＿＿＿＿＿

＿＿＿＿＿＿＿＿＿＿＿＿＿＿＿＿＿＿＿＿＿＿＿＿＿＿

請貼
郵票

11466
台北市內湖區瑞光路 76 巷 65 號 1 樓
秀威資訊科技股份有限公司 收
BOD 數位出版事業部

（請沿線對折寄回，謝謝！）

姓　　名：＿＿＿＿＿＿＿＿　年齡：＿＿＿＿　性別：□女　□男

郵遞區號：□□□□□

地　　址：＿＿＿＿＿＿＿＿＿＿＿＿＿＿＿＿＿＿＿＿

聯絡電話：（日）＿＿＿＿＿＿＿＿＿＿（夜）＿＿＿＿＿＿＿＿＿＿

E-mail：＿＿＿＿＿＿＿＿＿＿＿＿＿＿＿＿＿＿＿＿